◆古代智慧与逻辑丛书◆

火鸡王子

筠芝 译著　小暮 编著

中国市场出版社
China Market Press

·北京·

身体的发育，思想的形成，谓之成长。
终有一天，曾经讲故事的你，
目送曾经听故事的他的背影，渐行渐远。
他会长大你会老，
身与心都不能再陪他万水千山走遍，
但饭桌旁睡觉前的故事所构建的世界观和思想启蒙，
会一直陪他关山万里风雨兼程。
一如妈妈的妈妈那道家常菜刻印下最初的味蕾记忆般，
将家族的思维方式、审美品位、三观和寄望，
以最简朴并直观的方式传承下去。
也正因此，
家，是教育的来路，亦是归途。

目　录

01　塔楼的钟 · 001
02　意外之财 · 003
03　源头 · 006
04　麻醉剂 · 009
05　戒律之乐 · 012
06　看事情的角度 · · · · · · · · · · · · · · · · · 015
07　沉重的叹息 · · · · · · · · · · · · · · · · · · · 018
08　工作 · 022
09　铁做成的项链 · · · · · · · · · · · · · · · · · 024
10　一个难题 · 027
11　喜悦 · 030
12　水与干草 · 033
13　投资策略 · 035
14　完美的逻辑 · · · · · · · · · · · · · · · · · · · 038
15　猫 · 041
16　公主与农夫 · · · · · · · · · · · · · · · · · · · 044

17	两匹老马	047
18	闪光的金币	050
19	艺术家	053
20	心有灵犀	057
21	难以下咽	061
22	交叉路口	066
23	高昂的祝福费	072
24	火鸡王子	076
25	一盘饭菜	079
26	婴孩的啼哭	084
27	雅各布的真理	086
28	皆无定论	089
29	有权自夸	091
30	天堂的屠夫	094
31	颂歌	098
32	为期七天的奇迹	103
33	不信者、什姆托夫，以及残疾的女孩儿	109
34	嘴的两个用处	112
35	羊绒商人的秘密	115
36	青草	118

01 塔楼的钟

镇上人的记忆有多长,塔楼上的钟就存在了多久。钟在镇上最高的楼上,每天人们穿梭在镇上,时不时地就仰头看看塔楼上的钟,再低头查看自己手表上的时间。时间对不准的时候,人们就调准一下自己的手表。

时代在变化。镇上慢慢有些不满的声音:"这钟挂得太高了,每天看得脖子都疼!为什么不把钟稍微往下挂一些呢?比如和视线持平的高度,这样我们看起来就不那么费劲了。""是啊。如果这塔楼上的钟不准呢?连调一下都极不方便。但如果把钟挂在矮些的楼上,我们也好调整这钟的时间。"当地人的声音是有力的,他们的声音也反映了很多人的心声。镇上人召集了大会,决定将钟往低处挂。有趣的事情发生了。现在再当人们发现自己表上的时间和钟上的时间对不上时,他们还是会调时间,只不过……他们更愿意去调钟上的时间,而不是去调自己手表上的时间。人们

会说:"反正我知道我的表肯定是准的……"然后会有别的人也路过钟,再重新调钟上的时间……

时过不久,塔楼的钟禁不住那么多的摆弄和反复调试,终于坏了。镇上开会,大家都赞同这钟没多大用途了,也不值得再去修缮——钟就被扔进了垃圾堆里。

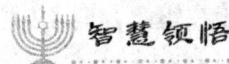

如果不把真理置于至高的位置,那么它将对于我们毫无作用。当钟被挂在最高的位置而人无权对它更改的时候,大家都相信它的权威性,但当人们为了方便自己而把它放到跟自己平等的位置时,它就变成了任何人可以随意摆弄的标尺,最终丧失它的作用。而在最高的塔楼上设立一个钟的目的,是为了让人看见,可以调整自己的时间。在今天的社会里,我们常常因为自己做不到或者不方便就任意修改规则,最终的结果就会使规则形同废纸,而我们自己也失去了修正的机会。

02 意外之财

曾经有这样一个人，他虔诚笃信，他的妻子也是不同流俗。这对夫妻一度倾家破产，一贫如洗。他找了一份田地里耕种的活儿，挣钱养家。先知扮成一个阿拉伯人的样子来到田地里对他说："你将拥有一笔可以解决六年生活所需的财富，你是想要我现在就赠予你呢，还是等到你快离开这个世界时再给你？"

他对先知说："你只是摆弄些雕虫小技，根本没有东西可以赠予我。你走吧，我不会理会你。"

先知不厌其烦地一次又一次来到田地里对他说同样的话。三番五次后，他对先知说："这样吧，我回去问问我的妻子。"

他回到家中，把这件事告诉了妻子："这人反复来找我说我将拥有可以解决我们六年生活所需之财，问我是现在要还是将死时再要。"

妻子道："告诉他你现在就要。"

他把妻子的决定告诉了先知。先知对他说:"快回家吧,你会发现还未踏进前院大门的时候你就被祈福了。"

于是他照做了。

这对夫妇的孩子们正在前院泥堆里嬉戏玩耍,忽然间,尘土中惊现黄金白银,足够一家人维持六年的生计。孩子们惊呼妈妈来看。她惊喜地跑出院子想要告诉丈夫这个好消息,看到他正在往回家路上赶,刚巧走到前院门口。他听妻子说完这消息,不禁感恩上帝。

你猜他妻子做了什么呢?她对他说:"上帝对我们如此至诚,给我们如此多的财富,我们今后的六年就帮助他人吧!也许这样上帝会赠予我们更多财富。"于是他们在帮助他人中度过了之后的六年。

六年将尽,先知又一次来到了他的身边。这次先知对他说:"我这次来,是要取回我所赠予你的财富。"

这虔诚又笃信的人对先知说:"六年前你赠予我财富时,我问了我妻子的意见。现在是你收回财富的时候了,请让我再与妻子商量一下。"他回家后把先知的话一五一十地告诉了妻子。

妻子对他说:"如果他能够找到比我们更擅用这

财富的人,那他势必应该收回这笔财富。"

先知知其所为,决定赠予他们更多的财富。

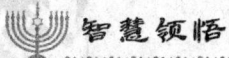
智慧领悟

犹太人对钱财的使用方法是非常有智慧的。同样一笔财富,现在得到远远好过死前(什么都做不了的时候)再拥有。同时,面对远远超出生计所需的钱财,他们的直接反应是——这是上帝的馈赠,应该用来帮助他人。在现实中,犹太商人在慈善和奉献方面的慷慨也确实远远超过其他民族。他们这样的行为,来自对上帝的笃信,以及对上帝法则的敬畏——他们真心相信上帝会奖赏善用钱财帮助他人的人。今天我们想要去学习犹太人管理钱财的方法,就要理解他们信仰中对钱财来源的观念。

03 源头

16世纪的一位智者在学习研究塔木德时,被一段极为难懂的文字绊住了。他日夜思忖,百般钻研,终于好多天的努力没有白费,他明白了这段文字的含义。

在他每天研究塔木德的地方,总有一个人每天晚上会在旁边的书桌学习一两个小时。这人白天为生意奔波忙碌,虽然学习经典的能力有限,但每晚都孜孜不倦地投入塔木德的学习中。学习圣经要求学习者高声朗读,因此智者注意到这人将要学习到那段让自己苦苦思索了数日才理解的文字。智者怀着好奇之心,悉心听着邻桌的朗读,想看看他是如何面对这段极难的篇章。但是,让他无比惊奇的是,这生意人竟然毫无困难地理解了这段困惑了他几天的文字,不费吹灰之力就明白了自己花了数日才明白的文字精髓。智者非常不甘心,郁郁寡欢。他思考:这显然是因为我对圣经的理解有严重的漏洞。

不然的话，怎么可能发生我耗尽脑力才读懂的内容，却被一个业余的、默默无闻的塔木德学生一眼读透？

那天夜里，智者做了一个梦。梦中有人向他揭示了他所经历的并非常事。梦中人告诉他：自圣经在西奈山被赐予犹太人起，你所挖掘的对圣经的领悟是前人未及的。这就是为什么你必须尝尽探索未知之苦，方能达到世人未达的境界，因为在你悟到这真理之前，这真理还没有进入凡间的智慧。但是你所付出的努力为真理打开了到达凡间的渠道，正因如此，之后的圣经学习者在阅读之时如有神助，拥有了打开真理的钥匙。

智慧领悟

先行者和跟随者的差别，在这个故事里显露无遗。如果单单从掌握真理的难度上来看，显然那位智者是很不划算的——以他的专业程度，他付出了那么多的努力才理解的东西，竟然被一个外行毫不费力地学去了。但智者的梦让他意识到自己独特的价值。他所开创的，是当时世间独一无二的东西。正如苹果公司的创始人乔布斯一样,因为他重新定义了手机,也让一些新的行业站上了舞台。在长久的工作学习中,我们往往不看重独立思考、大胆创新的能力,只看重模仿。尤其在今天这个时代,山寨和抄袭让很多企业在最短时间内获得了利益。但真正被纪念和尊重的,是那些把时代带到新高度的人。而真正能带来持续进步的,也是这种独立思考、大胆创新的精神。

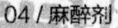

04 麻醉剂

有个犹太智者长期受一种脚疾困扰,终于他决定做手术解除病根。手术前,医生对他说:"这个手术会非常痛苦,我必须给你打麻药,这样你就能睡去,感受不到痛苦。"智者道:"这样吧,我和你做个约定。你不必给我打麻醉剂。你只需做你必须做的,而我呢,做我所能做的。但我有所求,我请求你在手术后,如果我还闭着眼睛,请不要打搅我。我也许会需要手术后在手术台上再多躺几个小时。请你保证你不会急着叫醒我。"医生向他如是保证。

智者闭上眼睛,他的神情似乎置身世外。手术结束后,那医生说:"他的身体几乎没有什么生命迹象,我怀疑他是不是临近死亡了。"智者的孩子们安慰医生道:"别担心,如果我们父亲说没事儿,那一定会没事儿。你得相信他。"四个小时过去了,智者躺在手术台上,安详得似乎已经离开这个世界。忽然,他睁开眼睛，问道："刚才的手术还成功吗？"医生告诉他一切顺利，并对他说："如果您不介意的话，我想问您，您是怎么做到的呢？"医生不敢相信在刚才的手术中，尽管没有打麻药，智者好像没有任何受到痛苦的迹象。智者答："我想要告诉你我的老师曾经教过我的东西。我们都懂得如何去感受世俗的快乐。俗世的快乐是需要理由的快乐。如果一件非常好的事情在我们身上发生了，我们便感到快乐。我的老师，他教会我如何无须理由地感到快乐。他说，一个人不可能永远都能做到这种无理由的快乐，然而，一旦你身处这种'世外'的快乐时，你必须全心全意全身心地感受这种快乐。因此，当我在手术之前知道我将会经历许多痛苦，我就将自己提升到一种纯粹的无须理由的快乐境界中，也正因为如此，我需要在手术之后几小时才从那样的境界回到世俗的感受中。"

智慧领悟

这个智者是令人羡慕的，他不仅知道世界上存在无理由的快乐，并且有能力进入到这种快乐中，全身心地享受。这种快乐，不依靠

04 / 麻醉剂

外界的任何条件，完全是从一个人的内心发出。它不是一件事的结果，而是一种自发存在的东西。在这个世界上，我们企图对抗痛苦的方式或是借助麻药，或是想办法让那使我们痛苦的事物消失。但这位智者却找到了另一种更加强大的力量来对抗痛苦，那就是找到无理由的快乐。它所带来的力量，似乎更加强大，不但让人不再痛苦，甚至能够让人沉浸其中，舍不得回到世俗之中。如何进入这样的快乐？故事本身并没有给出答案，或许那是一种超越此生的盼望，或者是一种精神层面的满足。无论如何，这种快乐是值得我们去追寻和探索的，同时你要全心全意地投入其中。

05 戒律之乐

有一对犹太兄弟,一个叫艾里梅勒赫,一个叫苏舍,他们经常一起四处云游,装扮成乞丐的模样,混迹在不同的人群中,倾听、学习、教导、交流、协助、引导,只要是他们力所能及的,无论是谁,他们都伸出援手。

一次,他们同一些流浪者同游,途中他们的同伴被人指为小偷,整群人都被关进了监狱。兄弟俩知道自己无罪,因而非常安静地在监狱里坐着,等待被释放。漫长的下午就要过去了,艾里梅勒赫站起来,准备做下午的祷告。他兄弟苏舍问道:"你这是做什么呢?"

艾里梅勒赫答:"我正准备做祷告。"

"我亲爱的兄弟啊,"苏舍建议道,"在监狱中是不适合做祷告的,你看见那边上用作厕所的水桶了吗?这使得这里不适合用于祷告场所。"

艾里梅勒赫听罢,便丧气地坐下了。

刚坐下不久,他开始呜咽起来。苏舍问:"你为什么要哭呢?是因为你不能够祷告了吗?"艾里梅勒赫点头。

苏舍继续说道:"为什么哭泣呢?你岂不知,教导我们去祷告的上帝,也同样教导我们在环境不允许的情况下不要去祷告?你现在不在这间监狱里做祷告,其实是以这样的方式和上帝产生了交流纽带。诚然,这纽带这交流可能并非如你希望的方式进行。但是,如果你真的想与上帝有神圣的交流,你会感到上帝给予了你机会在各种环境下都遵守他所教导的戒律,为此你应该深感高兴才是啊。"

艾里梅勒赫惊呼:"你说得对啊,我的兄弟!"笑容也浮现在他的脸颊。顷刻间,先前所有的垂头丧气都抛到了九霄云外,艾里梅勒赫拉着苏舍欣喜欢乐地起舞,庆祝遵守上帝的戒律,不在不合适的地方做祷告。监狱里的狱卒闻之急忙跑来。他们见这俩兄弟在那儿载歌载舞,问监狱里别的人发生了什么事。别人也是一脸茫然:"我们也不知道呀!这两个人刚才在讨论边上的那只水桶,说着说着就突然很高兴地开始跳舞了!"狱卒讥笑道:"是这样啊!他们高兴是因为那只水桶,是不是?那好,我们来治!"说罢便把那水桶从两兄弟的监狱里取走了。于是乎，两兄弟开始心无旁骛地祷告了……

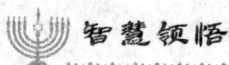

智慧领悟

圣经上说，喜乐的心如同良药。但拥有喜乐对很多人来说，似乎是一件不容易的事。环境里一个小小的挫折，都可以让他们丢失了喜乐，就如同这个故事中墙角那个水桶一样。但是，真正有智慧的人，是不会被环境困住的，因为喜乐一方面来自环境，另一方面也来自我们对事情的解读。当我们甚至把不能做某件事的遗憾都当作是对上帝律法的顺从的时候，我们就不会感觉遗憾、失望或者为难，而是看到事情积极的一面并为之喜乐。如果一个人的心情真的可以不因为环境所困，环境或许反而要为他们而改变了。

06 看事情的角度

一位弟子曾经问犹太领袖梅泽里奇：

"塔木德教导我们说，一个人应该感恩苦痛，如同感恩上帝对我们的恩赐。可是，这怎么可能呢？如果是我们的先知告诉我们，我们必须无怨无恨地接受一切上帝的安排，我尚能理解。我甚至也能够接受，事事终究是会以善而终的，并且我们应当感谢上帝，给予我们这些看似黯淡实则光明的时期。可是，一个人怎么可能以完全一样的方式应对人生的灰暗和快乐呢？一个人怎么可能做到感恩挫折如同感恩愉悦呢？"

梅泽里奇回答道："如果你想找到这个问题的答案，那你必须去拜访我的弟子苏沙。只有他能够帮助你解答这个疑问。"

苏沙接待了这个前来拜访的客人，并热情款待，请客人自便。拜访者决定先不问苏沙这个问题，而是先观察他的生活。不用片刻，他便感到让他困惑不已

的塔木德片段，正是苏沙的真实生活写照啊。他想不出身边任何一个人的生活像苏沙的生活一样困顿悲惨：他一贫如洗，家徒四壁，经常揭不开锅，全家人被各种病痛折磨。苏沙却总是轻松幽默，神情愉悦，并时不时地感谢上帝的好意。

他的秘诀是什么？他究竟是怎么做到的？拜访者终于决定开口问他。

一天，他问苏沙："我想要问您一件事。事实上，这也是我之所以前来拜访您的原因——我的老师说只有您才会给我满意的答案。"

苏沙问："您的疑问是？"

拜访者把他向梅泽里奇诉说的疑问又重复了一遍。"您的疑问很好，"苏沙沉思片刻，说道，"但是我不理解为什么我们的老师让您来找我呢？我怎么可能解释得清这个疑问呢？他应该让您去请教那些承受更沉重苦痛的人……"

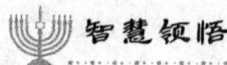

在任何时代任何民族中，为痛苦感恩都是一件令

人匪夷所思的事。正如主人公所说，能够平静地接受就已经不容易，何谈感恩呢？感恩是只在喜乐富足的时候才会有的情绪。当主人公有机会亲眼看见一个生活困顿却又心怀感恩的人，他依然不能理解这其中的奥妙。事实上，对方也并不认为自己对此有答案——因为他压根儿不觉得自己在承受沉重的苦痛！苦痛和快乐，都是我们对事物有了看法以后产生的自然感受。我们没办法改变自己的感受，却可以改变我们对事物的看法。一个人需要有极大的智慧，才能把不如意的生活依然看作是一种财富和祝福，当我们真的具有了这样的智慧时，我们也就掌握了感恩的秘诀。

07 沉重的叹息

犹太精神领袖圣托夫曾经告诉他的弟子们这样一个故事:

很久以前有这样一对邻居。其中一个是受人尊敬的圣经学者,另一个是极其贫困的卖苦力者。那圣经学者总是黎明即起,起床便去书房学习,一学习就是好几个小时。随后他会满怀虔诚地祷告许久,随便吃点东西后,又会回到书房再埋头学习好几个小时。午后吃完饭,他会去集市上做几笔小生意,赚一些勉强糊口的家用,然后再回到书房埋头苦读。晚上他祷告完毕,用完晚餐后,会再次全神贯注地学习至深夜。

他的邻居同样也是黎明即起,但他的生活不允许他有那么多精力去学习圣经。无论他多么努力地工作,他从未赚到过很多钱,常吃了上顿没下顿。他常常在白天抽空去犹太教堂快速地祷告,随之又是一整天辛勤地干重体力活儿,直至深夜。往往到了周六安息日,

07 / 沉重的叹息

当他终于有时间可以拿起书来学习的时候，却总是累得直打瞌睡。

有时候，邻居两人会在院子里面打个照面，那圣经学者就会用一种鄙视的神情看他邻居一眼，觉得他贪恋财物，然后匆匆去继续追求他的圣经学习。那可怜的苦力劳动者也常常只能叹口气，心想：我真的是很不幸，不像他真的是摸到了很幸运的牌。我俩都是匆匆忙忙——他匆匆忙忙地去学习圣经，我却匆匆忙忙地去做日复一日的苦力活儿。

最终的时刻来临了，邻居两个人都结束了他们各自在世界上的漫长旅程，他们的灵魂站在上帝面前，等待着他们的生命受衡量与审判。一个审判的天使将圣经学者一生中许多的美德与善行放在了天平的右边：他数以万计小时的刻苦研习，他的冥想与祷告词，他的勤俭朴素与诚实守信。随后另一个审判的天使，把一样东西放在了天平的左边——那就是学者有时看他邻居时流露出的鄙夷眼神。缓缓地，天平的左侧开始下沉，直至和天平右侧齐平，甚至继续往下沉，重量最终超过了右侧的分量。

那可怜而贫穷的邻居也来到天堂接受审判，肃杀天使先是把他乏善可陈、精神空洞的生命放在了天平的左侧。另一个审判天使没有什么可以放在天平右侧去抵消左边的重量，他只有一样东西——那就是有时他看见学富五车的邻居时，发出的那一声伤感的、艳羡的叹息。可是，当天使将这个筹码放在了天平的右侧时，这声叹息的重量竟超过了左侧所有的砝码，举起了这辛勤劳动者艰难生命的每一时刻。

智慧领悟

良善的标准也许跟我们认为的一样，但有些却是出乎我们意料的。故事中的学者，显然是世界上饱受尊敬爱戴的一类人，如果论到生命的重量，我们自然会觉得他的生命一定是非常有价值的；与此相对的，终日仅仅为温饱而奔波的人生在我们眼中就乏善可陈。然而，在造物者眼中，在天平的另一端，还有一样东西是他所看重的，那就是一个人内心的状态如何。一个人拥有了再多的成就，再多的虔诚和努力，但如果他内心骄傲，看不起别人，其严重程度甚至会抵消他所有的美德；而相反，一个人虽然缺乏学识、声誉

07 / 沉重的叹息

和成就，但他内心对真善美的向往却是被赞赏的，并且这样的人，往往最得上帝的怜悯，要把他们在世上没有机会得到的，在天上补偿给他们。

08 工作

为什么万事都这么艰难?为什么上帝不为我们铺设好人生的道路?这样我们就不必举步维艰,不必在前行的每一步上都失意挣扎,充满挑战。这或许是世界上最古老的问题了吧,而问题的答案——因为一个得来容易的生活是没有意义的生活——或许也是最古老的回答。以下这个同样古老的故事也许能说清这个古老的回答。

曾经有个富有的贵族,有一天他在自己的庄园里徘徊散步,忽然看见眼前田地上耕种的农民在除草。这富翁不禁被这情景迷住了:农民除草的姿势和动作娴熟自如,那除草的刀在空中划出一道道优雅的弧线。他陶醉于这情景,走上前去,向农民提出这样的请求:如果农民同意每天都到他豪宅的画室里表演除草的姿势和技巧,那么他就每天付给农民一个金币。第二天,农民来到了富翁家中,心中忍不住得到这份新"工作"的暗喜。他在画室里假装举着除草刀划着手臂演示了一个小时之后，富翁如约给了他一个金币。这一个金币是他从前挥汗一周报酬的好几倍还多。可到了第二天，他对这份新工作的热情似乎就削减了。一周不到的时间，他就提出不再做这份工作了。富翁很是不解："为什么你宁愿寒冬酷暑在室外田地里干重体力活儿，也不愿在我舒适的家中做一份轻而易举的工作，并拿着丰厚的报酬呢？"农民答道："因为这新工作不需要我去'做'任何事情……"

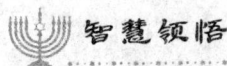
智慧领悟

我们在选择一份工作或者一种人生的时候，追求的到底是轻松舒适，还是意义？这是我们每个人都要面对的问题。当生活很艰难的时候，我们常心怀抱怨，渴望着有一天过上我们认为最理想最顺遂的"别人的生活"。但这个故事却告诉我们，无意义的生活是不值得过的。不管我们从中能得到多少报酬、安全感和享受，我们的心都会一直提醒自己，眼前的一切都没有价值，也没有意义。既然是这样，或许我们可以重新换一种眼光来看待我们今天的人生——它或许充满艰难和挑战，但正是它塑造了今天的我们，也让我们在这个世界没有漫无目的地活着。

09 铁做成的项链

许多年前,希伯伦的犹太人拥有一座山洞,山洞的钥匙归一个名叫伊扎克的犹太人保管。伊扎克中年丧妻,家中困顿。他有一个名叫迪娜的女儿,生得美丽明艳,心地也善良纯洁。转眼迪娜到了适婚的年龄,许配给她的是一个同样俊美质纯的年轻人。伊扎克努力工作,勒紧裤带,为女儿的婚事积攒费用。迪娜的婚期渐近,伊扎克为她置办了一套精美的嫁妆。但快到大喜之日了他才想起,按照他们传统的习俗,父亲还需为女儿的婚礼准备一条黄金项链。可是,他哪里还有余钱买项链呀!伊扎克终日郁郁不欢。黄金项链对于出嫁的女子来说是装饰,更是骄傲,过去有些新娘由于婚礼上没有项链而日后暗暗哭泣,还有新娘怕丢了颜面而躲避婚礼。伊扎克抓破脑门,还是无从是好。他不敢告诉迪娜,不想让她过早地忧虑。

眼看着就要到举行婚礼的日子了,一天晚上,迪娜做了一个梦。梦中的她手里拿着钥匙,站在希伯伦的山洞前。忽然,一位身着白衣的女子走向她。那女子面似有光,灿若艳阳。她把手放在迪娜的秀发上,对迪娜说:你手上握着的钥匙,这神圣的希伯伦山洞的钥匙,将成为你新婚宴席上的项链。它将比一切黄金珠宝镶饰的项链更夺目美丽。说完,那白衣女子消逝在梦中。迪娜醒来,依稀回忆起刚才的梦,决定守着这个秘密,不告诉任何人。

迪娜的婚礼终于来临了。伊扎克满脸乌云密布,不知所措。迪娜的朋友们欢喜地上门为迪娜做婚礼的准备。迪娜穿上她的嫁衣,悄悄地问她的父亲是否可以单独和他说几句话。她面带灿烂的笑容,对父亲道:"父亲,请您给我希伯伦山洞的钥匙吧,它将成为我婚礼上佩戴的项链,它会比一切黄金珠宝镶饰的项链更夺目美丽。"伊扎克惊讶之余,心中的石头终于落了地。他奔去房间取出钥匙,递给了迪娜。迪娜佩戴着铁做成的、挂着希伯伦山洞钥匙的"项链",比任何新娘都要璀璨明丽。婚礼上,宾客们异口同声地称赞这铁铸的项链胜过他们所见过的任何金银珠宝。自那时起,希伯伦的新娘不再穿金戴银,而是不成文地都在婚礼上带起了铁做的项链。

智慧领悟

在这个故事里,山洞的钥匙代表着什么呢?它代表着希伯伦的犹太人放在那洞里的所有东西!没有人会以这把钥匙的材质来衡量它的价值,因为它的价值不仅包含了洞里的所藏之物,更证明了其看守者伊扎克的忠诚——他宁可固守清贫,冒着自己女儿婚礼蒙羞的风险,也没有去动一丝一毫不属于他的东西。这隐藏的价值岂不是比那灿烂的黄金珠宝更加珍贵吗?真正有价值的东西,往往是被大多数人所忽略的。我们衡量一件东西的价值,不能仅仅凭眼见,而要去思考它背后存在的可能性和潜力,正是这样独特的智慧帮助犹太人一次次发现了众人所忽视的商机,成就了他们的旷世财富。

10 一个难题

一天，一位富裕且满腹学识的犹太人来到欧洲最负盛名的圣经学习中心，为自己的千金寻找如意郎君。她的女儿冰雪聪明，虔诚又美貌，他要为女儿找到合适匹配的伴侣。

一天晚上，他邀请了城里所有年轻未婚的圣经学者，给他们出了一道出自塔木德书的难题。他声称谁能给出让他满意的答案，他就将女儿许配给谁。并且，他将出资供养下一代20年，以便女婿可以不为生计烦忧，一心投入圣经研究。这些年轻的学者面对富翁的难题，抓头挠腮，不得其解。他们通宵达旦地思索，最后递交了问题的答案。不料，富翁否定了所有人的回答，但仍旧在城里驻留了三日。三天过后，仍然没有他满意的答案。他失望地让人帮他打点行李，准备启程离开。第二天一早，他在马车里坐定，示意车夫策马行驶。马儿刚迈步跑开不远，忽然他听到一位年轻学者呼喊着跑向马车，

让他们等一等。富翁示意车夫停下车,年轻学者跑到车边,从窗口对富翁喊道:"就耽误您一分钟的时间!您还不能走,您必须在离开前告诉我们那道难题的答案!"富翁不敢相信自己的耳朵:"你说什么?"年轻学者继续道:"自从你提出那道难题以来,我就没睡过一个安稳觉。我日思夜想,绞尽脑汁,却触及不到问题的答案。您必须告诉我正确的答案才能走!我必须知道答案。"富翁长叹一口气,终于得到了他满意的答案。他对年轻人说:"你就是那个我想要找的女婿啊。"

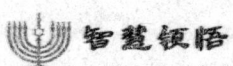

这位富翁为自己女儿择偶的标准真是奇怪,看似他想要找到一个最聪明的人,但事实上他寻找的是一个真正渴求智慧的人来做他的女婿。为什么呢?因为在犹太人的价值观里,极度看重智慧。因为人所拥有的金银、钱财、人脉都可能失去,拥有的情感也可能背叛你,唯有智慧是可以随身携带受益一生的。一个人若求知若渴到了辗转反侧的地步,即使他现在还没有达到某种高度,但他总有一天一定成为一个有智慧的人。这位富翁正是在寻找这样的人。显然这个得不到真理的答案就不罢休的年轻学者，正是这样的人。全城的学者都放弃了，只有他追出来不顾一切地想要知道答案。由此，这位富翁知道，他终于碰到了跟他本人一样看重智慧的人做他的女婿。

11 喜悦

黑暗与恐惧笼罩着城市的大街小巷,所有犹太人纷纷躲回屋里不敢外出。城里刚颁布了一个新的法令:天黑之后犹太人不准上街。城里住着一个热情奔放的犹太弟子,他觉得这个新法令不近人情。

一个冰天冻地的夜晚,他忽然被心中一股无名的热情驱使着,想要拜访当地的智者,想要在这寒冷的夜里看智者如何服役于上帝,借此温暖内心。他虽知夜晚外出的危险,但心中的力量和召唤指引着他走上街去……他手中紧握一本圣歌集,朝着智者住处的方向,飞速地穿过一条又一条街。

他还是被抓住了。一个军官突然间站在了他跟前,挡住了他的去路。还未等他反应过来,双手就被缚了起来。没有审判也没有解释,他被扔进了监狱。这弟子心想:"看来上帝是不让我今晚去见智者了,但所幸的是,我珍贵的圣歌集还与我同在。"这样想着,他便开始饱含热情地高声诵读圣歌，一首接一首，一章接一章。正当他沉浸在诵读圣歌的热情中，身心仿佛置身天堂之时，狱卒一把夺去了他手里的圣歌集……那弟子仍然丝毫热情不减："我的智者，他们不允许我去见；我的圣歌，他们不允许我诵念；但即便如此，他们改变不了我是犹太人的事实！"想到这儿，他的心中一股愉悦快乐涌来，他立刻在监狱里站起来，就地载歌载舞。那狱卒看见此情此景，实在是不敢相信自己的眼睛。他越看越难以置信，忍不住歇斯底里地对监狱里的犹太弟子怒吼道："你现在就给我滚出去！我们监狱容不得你这样精神不正常的人！"

那犹太弟子怀着喜悦的心情，奔向智者家中。智者满心热情地欢迎他进屋："只要一个犹太人为身为犹太人而高兴欢愉，自豪于是犹太的一分子，那他在任何险境中都会获得拯救。"

智慧领悟

当一个人真的为自己的身份感到自信和满足的时候，任何他人的评价和对待都不能影响他的快乐。这个故事正体现了这一点。在狱

辛看来,这个犹太弟子的热情奔放已经近似于精神不正常的程度。但在我们看来,他在任何环境中举手投足散发出来的喜乐岂不是一种极大的自由和力量吗?禁令和法规是无法阻止他的,因为他对自己的看法不因为境遇而改变。同样的,我们今天看待自己,有几分是出于对自我的认识,有几分是来自他人的评价和对待呢?我们的精神力量如果能胜过环境,环境就不能真正地打压或者挫败我们。所以,真正的拯救不是从外面而来,是来自我们的内心。

12 水与干草

智者与一些弟子出行。途中，马车车夫停车，在路边让马喝水。马喝饱了水后，车夫把马拽回道上，挥鞭继续前行。车夫对马儿喊道："你以为我让你喝水是为了让你吃草时觉得更加新鲜可口吗？我让你喝足了水是为了让你能更加卖力地拉车前行！"

车厢里，智者脸上的神情严肃起来。他对弟子们说道："我们都是通过自己的努力和虔诚的付出去吸引那些神圣的力量指引我们。上帝也是为了让我们能更辛勤执着于我们所服役的高尚事业，才不断供给我们所需的物质与活力。我们万不能忘却物质的最终目的——是为了让我们能继续前行，完成自己的使命。马儿要靠鞭子去鞭策它。但是，我们作为人类，必须养成内化的'鞭子'，提醒自己生活的目的。"

智慧领悟

我们怎么看待自己,决定了我们选择怎样度过一生。看着被鞭笞向前的马儿,有的人会感到车夫的残忍,对马儿的同情油然而生——它只是需要时间想多喝点水嘛,这不是很正常的需求吗?但从智者的角度来看,他却看到马儿正奔跑在完成伟大使命的路上。如果没有适时的鞭笞,马儿或许会一辈子留在路边悠闲地喝水,但那样它就错过了参与高尚事业的机会。是单单满足于眼前的物质,还是奔向远方的目的地,这取决于我们看自己的眼光。

13 投资策略

一位名叫里亚迪的智者声名远扬,拥有许多弟子。一个向里亚迪求学的年轻人遭到了家里人的反对,他们不赞同他的学习。亲戚们七嘴八舌,纷纷要这年轻人的岳父赶快安排离婚,让女儿离开这年轻人。这岳父觉得女儿的婚姻似乎不错,不太愿意就这么轻易结束孩子的婚约,因而他决定亲自去年轻人学习的地方,一个叫作里奥兹娜的城市,一探究竟。

他花时间和女婿的老师里亚迪接触,又和里亚迪别的弟子接触,然后感觉非常满意,认为他的女婿选择了一条正确的道路。在他准备回程时,这岳父问里亚迪:"我对您的传道解惑非常满意。但是,塔木德教导我们必须把圣经学习分为三个部分,学习圣典经文占其中的三分之一,犹太律法也应占三分之一,剩下的三分之一应当学习塔木德。我看到您的授课,其中大量的学习圣典、经书、经文,远超他们三分之一

的精力和时间，这是为何呢？"

里亚迪以一个问题回应："请问您是以什么谋生的呢？""我经营一家商店。""那您在商店上投资了多少钱呢？""两千多卢布。"里亚迪问："这些投资中，有多少是你自己的钱，有多少是借来的钱呢？"年轻人的岳父叹气道："那其中只有500卢布是我自己的钱，剩余的都是我借来的钱。"里亚迪继续说道："这似乎与塔木德教导我们的原则不符。塔木德上说，我们应当将三分之一的财产投资于不动产，三分之一的财产投资于我们在做的生意，剩下的三分之一作为流动的现金。而您非但没有按照塔木德所说的那样去投资您的钱，还背着大笔的债务！"年轻人的岳父说道："您真是有所不知啊，塔木德里说的投资策略也许在当时是适用的；可是，在今天的商业环境中，我们不得不敢于冒险啊，况且哪怕是冒着极大的风险，都离成功遥遥无期呢。"里亚迪道："极是。同样的道理也适用于圣经的学习。在塔木德刚写成的时代，按照它所教导的方法去学习圣经，可以学习得很好。可是，如今时代变了，哪怕我们花几倍的时间和精力去学习经文圣典，那些该遵循的准则及对于上帝的敬畏，仍是离我们遥遥无期。"

智慧领悟

所谓策略，就是不仅仅知道一套行之有效的方法，同时又懂得分辨使用它的时机和前提。对于犹太人来说，老祖宗传下来的教导，大部分都是极有智慧的，只要照做就可以。但在这个故事中，恰恰提到了两个过去的教导不得不根据时代进行调整的例子。所以我们需要认清楚，我们遵守教导的目的到底是什么，是让自己觉得安全正确呢，还是有一个最终的目的。商人的目的是要盈利，而老师的目的是要真正培养弟子对上帝律法的敬畏之心。既然认清了这一点，那么根据时代的变化而调整时间或金钱花费上的比例就是一件很自然的事了。所以，当我们去思考我们的策略时，最重要的就是搞清楚什么对我们是真正重要的。为了得到真正重要的，必要时应舍弃相对次要的。

14 完美的逻辑

一个犹太富翁常年资助一位名叫苏舍的犹太教精神领袖。他支付苏舍的所有家用,为的是不时地从苏舍那儿求得一些建议与祝福。有一次,富翁到苏舍家中拜访,正巧苏舍不在,只有他妻子在家。

"我的老师呢?"

"他出门拜访他的老师去了。"

"我的老师也有老师?"

这富翁可不傻,他心想:如果我的老师还有老师,那我为什么浪费精力和时间在一个学徒身上呢?不错,苏舍给了我很多建议,让我能过上今天这样富贵的日子;那我如果转而资助他的老师而不是他,我的好运和富贵岂不是要翻倍了……

于是他不再追随苏舍,而是开始追随苏舍的老师梅泽里奇。

几个月后,他遭受了几次商业上的连番打击,困顿潦倒,陷入破产。

他重回苏舍那儿,问道:"我知道这也许是我弃您而去所受到的惩罚,但是,为什么呢?难道我的逻辑有错吗?"

"你的逻辑完全没有错,"苏舍回答,"错是错在实际运用上。以前一直以来,你都是不计受惠人价值地去付出,神因而也对你爱护有加,不管你是不是值得爱护。一旦你开始计算你的付出收益,开始算着从你的钱中获取最大利益时,神也开始计算打量你是否值得这些爱护,显然答案是尚有欠缺。"

智慧领悟

这个故事实际上在讲人与人之间的相处之道。正如富翁的老师所说,他的逻辑完全没有问题,但人与人之间的付出,不可能完全变成可以算计的损益数据。我们常常因为一点眼前的利益,反而蒙受了更大的损失,为什么会这样?因为我们忘记了,除了眼睛可见的因素之外,有些东西是眼睛虽不能看见却更加重要和宝贵的。比如人与人之间的信任,他人对你的敬重,以及上天对你的眷顾。这些东西无法用数字来计算,但它们的价值,却远胜过金钱。

# 猫

曾经有一位犹太信徒试图难倒犹太教仪式派伟大的拉比约瑟夫·伊扎克·史尼尔逊（Rabbi Yosef Yitchak Schneersohn），他问道："拉比，您可否告诉我，您时至今日，仍坚信圣经是上帝之言吗？那些批判圣经的人，那些以科学之见评论圣经的人，难道您从未为之动摇过吗？"

拉比以如下故事回应：

一位年轻有为的发明家许多年埋头研究一个项目。终于功夫不负有心人，他决定动笔给他的导师写一封信，说明他准备将研究成果呈现给导师以求意见和指正；他的导师在业界赫赫有名，曾教授过这位年轻的发明家。导师回信说，他几个星期之后正巧会在发明家所在的城市，他非常愿意并欣喜能有机会上门给发明家一些自己的建议和看法。

相约见面的那一天临近，年轻的发明家一天比一

天焦灼。他内心感到这对他而言将是一次重大的考验，将直接影响他的前程命运。他视此次的研究成果为自己思想的结晶；而导师对它的意见无疑是对自己科学研究价值的终极审判。

相约之日一早，他醒来便知自己没有勇气直接面对导师的审判。他把论文及图纸留在书桌上，边上放了一个纸条，恳求导师原谅自己的缺席，并请导师将意见和建议写在纸上。他关照妻子一会儿直接带导师进书房，随后便出门在街上徘徊。

深夜他才回家。他目光刚刚触及书桌的那一刻，便不禁失声瘫倒在椅子上。妻子闻声慌忙冲到他身边，只见他面色苍白，眼神如灰烬般惨淡。桌上的论文及图纸仍在，只是多了几道用黑色墨水画的重重的叉。

"也不至于这么糟吧，"妻子道，"上面的内容不还是在你的脑子里吗？"

"在我脑子里？？上面的每一字每一句，都是刻在我脑中！我连睡梦中都可以逐字逐句再写出。但这不是问题啊！"

"那又是什么问题呢？"妻子还是不解。

"问题是，现世最伟大的工程学巨匠否定了我过去整整十载的心血啊！"

"哦！你是说你导师吗？"妻子说道，"他派人告知他今天临时有事，不能拜访。那纸上的黑色叉叉是猫不小心爬到你书桌上打翻了墨水。"

智慧领悟

仅仅看这个故事似乎并不容易发现它真正要说的是什么。但我们结合其背景，即一位信徒问老师对于质疑上帝者的态度，这个故事的深意也就昭然若揭了：当上帝之言面对科学之时，为之苦恼或自我怀疑就如同庸人自扰，因为二者原本就不在同一个层面上。就好像故事里的这位发明家，他误把猫留下的印记当作了最终审判，因此心灰意冷。但显然猫无法对他的作品做出一个公正而权威的审判。最终的审判还没有出现，因此无须理会那些批判的声音。

16 公主与农夫

关于公主和她的农夫，有这样一则寓言。

公主的父亲，也就是国王，筛选了一批又一批的追求者，但没有一个是他认为合格的。最后他决定："下一个踏进皇宫的人，他就是你的夫君。"公主同意了。

国王花园里工作的农民走了进来，于是公主只好嫁给了他。农夫乐开了花，而公主呢，闷闷不乐。后来发生的事更加有趣，他们结婚后，农夫每天忙里忙外，辛勤劳作，睡前认认真真地铺床，可是公主不高兴。他从地里给她带来新鲜的土豆，可是她不高兴。他从最好的田里为她摘来最好吃的番茄，可是她还是不高兴。她终于回家对父亲说："你看啊，我要怎么样才能跟他解释我是从皇宫中来的？他根本就给不了我需要的东西，他根本不知道我需要的是什么！"

这则寓言是灵魂嫁给了身体的故事。身体就是农夫，给我们各种物质上的享受、权力、成功，所有这些都是土豆和番茄。灵魂对上帝说：这农夫没有给我想要的东西。

我们成天忙忙碌碌，往往以为自己都是农夫。这就是为什么再多的土豆和番茄都不能满足我们，它们错在不是我们想要的东西。我们想要的东西，可能是农夫连做梦都不敢想象的东西，甚至如此都不够，因为公主是在更加精致的美物中成长的。

哈西德大师们说，要走近公主的心灵和心智，以看清是否在追寻满足不了我们的事物，是否在做不是自己的自己。

智慧领悟

人都是有灵魂的，然而我们每天在做的事情，有多少是在满足我们的灵魂，有多少只是在追求肉体的享受呢？肉身的欢愉固然舒适，但它常常是受限于环境和物质的；而我们的灵魂却有着得以超越环境和困苦的能力。故事中的公主，她之所以不开心，正是因为她意识到自己是一个灵魂上有需要的人，而她嫁的人却只关注肉体。发觉自己灵魂里的不满足或许不那么令人愉快，但这种痛苦却可以提醒我们——不要忘了自己真正需要的是什么，也不要在忙碌中丢失了自己的灵魂。

17 两匹老马

拿破仑在征军俄国的途中,他手下一批精兵干将遭到暴风雪的阻挠,只得在路边的一户人家借宿,那家人正巧是犹太人。拿破仑军队之骁勇善战乃无人不知,可也抵不过这自然的灾难,风雪的侵蚀,根本无法继续上路。

他们在这户人家屋中休息。一名士兵朝窗外望去,看到了令他难以置信的一幕:一位年迈的老人正坐在一辆马车上,拉车的是两匹同样年迈的老马,它们在冰天雪地的恶劣环境中小步却沉稳地前行。士兵不解,转身问屋子主人:"我们受过高强度严格训练的马匹都无法抵御这风雪的侵袭,那两匹老马看上去却是轻而易举地在雪里走,原因何在?"

主人看了眼窗外,会心一笑,原来是邻居如往常一样,享受着夜间散心。

"你瞧,"主人道,"我认识他好多年了。这两匹马自从出生起就一直跟着他，它们一同在田里长大，形影不离；而让它们真正与众不同的原因在于，它们能互相感知对方的痛苦。只要它们其中一个挨了马鞭，另一个就会痛其之痛，愈加用力地一同往前跑。这就是两匹马同时发力、紧密同行的力量，再大的暴风暴雪它们都能抵抗。"

（犹太人在埃及被流放压迫时，展现出了团结的精神。只要一个人完成了自己一天繁重的苦力活儿，就会帮助边上的人一起完成他的份额。这种团结感天动地，并最终带领他们走出埃及。）

智慧领悟

一对紧密合作的老马可以抵抗恶劣的暴风雪，甚至胜过两头受过严格训练却不同心的战马。这其中的秘诀并不在于能力的强弱，而是在于它们彼此之间血肉相连的默契和团结。正如犹太民族在众国之中，既不算人数众多，也不算骁勇善战，然而他们团结在一起，却得以在强敌环伺的环境中立足。今天我们如果想要成就一件事，与合作伙伴之间也需要

17/两匹老马

同心与默契。金钱、利益还有才能在短期内都会很有效果,然而在遭遇暴风雪时,唯有忠诚、坚贞、有担当的伙伴才能陪我们渡过危机。

18 闪光的金币

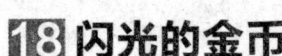

著名的扎尔曼拉比有一名弟子名叫加夫列,他和妻子汉娜结婚逾二十五载,却没有孩子。加夫列曾经是维特布斯克非常成功的商人,但是时势转变,世事变幻,这两年他的财富极大缩水,大不如从前。而正当此时,扎尔曼拉比也在着力安排解救一些犹太人质,他计划在弟子中筹集一笔款,以赎出人质。加夫列被列在了潜在捐款人的名单中,而事实上,他已经心有余而力不足。犹太戒律中说,有能力并帮助救出人质是一项巨大的善举,加夫列因无力贡献而心痛不已。

看到丈夫如此难过悲伤,汉娜卖掉了她的首饰和珍珠换来了一笔钱。她把所有换来的钱币,一枚一枚地擦亮,边擦边祷告。她心意至诚,把金币擦得能照出光来,发自内心地期盼这些钱能带来光明。擦完后,她把这些金币包起来,让丈夫加夫列给扎尔曼拉比。

加夫列来到扎尔曼拉比处,把带来的钱放在拉比

18 / 闪光的金币

的桌上。在拉比的示意下,他打开了钱袋,眼前的金币闪闪烁烁,耀眼极了!拉比从未见过这样的情景,竟陷入了沉思,好一会儿才开口说话:"犹太人在捐献财物以建造沙漠中的避难所时,所有的金银财宝中,唯独铜盆和铜盆架子是闪闪发光的。(这些铜盆与铜盆架子来自犹太女子的无私奉献,她们自愿且乐意地把自己化妆用的铜镜捐出来用于建造避难所。)你告诉我,"拉比继续说道,"这些钱是从哪儿来的?"加夫列向拉比说明了这两年发生的事情和他目前的经济境况,并告诉了他汉娜得到这笔钱的来龙去脉。

拉比双手托腮,又一次陷入了长久的沉思。许久,他才抬起头来,许给加夫列和汉娜健康的孩子、长久的生命和永远的优雅。接着,他对加夫列说,赶紧把他在维特布斯克的生意关了,转做钻石及宝石生意。

拉比所有的许愿都成真了,加夫列在他的新事业中如鱼得水,利润丰厚,多年以来的夙愿也实现了,有儿有女,且鉴于他的举止为人,被美誉为"雅士"。他长寿至110岁方仙逝,而汉娜呢,竟比他还长寿了两岁!

"慈善之币"(无论是物质上的还是精神上的)

的表面价值也许和别的任何普通钱币没有什么不同,但当其背后是捐献者的无私牺牲——带着快乐的牺牲——时,这金币便获得了无法估量的价值和光彩,这种光彩能照亮一个人的一生,让时光染上熠熠的光芒。

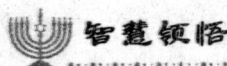

无私的牺牲是极为可贵的,因为主人公在奉献自己的所有时,心怀喜悦和满足。那些心怀奉献之心的人,甚至会因为心有余却力不足而感到痛心。而一旦他们可以给予时,他们给予的不仅仅是金钱,更是一颗赤诚的心。所以故事中的妻子才会用心地把每一枚金币都擦得发亮,在这些闪闪发亮的金币上,寄予了她对自己同胞深切的同情和美好的愿望。今天我们在为他人做一些事的时候,是否仅仅注重了做事本身,但内心并没有存着给予的喜乐和满足呢?这种喜乐和满足本身,就如同金币上的光芒,足以照亮人生了。

19 艺术家

从前有一位伟大的国王,他富于智慧,同时还有一个嗜好,酷爱公鸡图。他深受公鸡图的启发,爱其壮烈的斗志,斑斓的色彩,优雅的步子。他命数百名画家作公鸡图,把这些图挂在他宫殿的墙上。可令他略微沮丧的是,百余幅画,并无一幅是他真正喜爱的。他不断地请更高明的画师来作画,但仍不得所爱。

于是,他向天下发布公告,召集天下最伟大的三位画师,以荣华富贵重赏之。每位画师将各获赠五万两黄金,外加华美精致的宅子,配以使唤的侍从,享尽其所求。一年将尽之时,如果他们中任何一个画师所作的公鸡图为国王赞赏,将立刻获得一百万两黄金作为赏赐。公告发布后的一年即将过去,大家都拭目以待,迫切地等候那即将揭晓的三幅公鸡图。

看画的那天终于来临。国王为此盛事特意下令建造大型场馆,专为此次赏画之用。场馆内人头攒动,

人声鼎沸。馆内展台上摆放着三幅巨型画作，由三块不同的布遮盖着。

第一位画师先走上前去，众人安静。他犹豫了半响，拉着遮挡画作的布帘，转头向国王示意。国王点头表示许可，画师十分自信，连头也不回地向后把布帘一扯，揭开了画作。众人一阵唏嘘，果真那是一幅大师杰作。

国王从座椅中站起身，走向画作，近视远观，仔细端详后，他说："这幅作品，的确是天才之作，可是……它不是我想要的画。"

众人哗然，国王走回他的座椅，并示意第二位画师上前揭画。与之前第一位画师的情形如出一辙：众人静默，气氛紧张，画师自信地揭开画布。人群中有人高喊："佳作呀！"可是，国王虽赞同该画作确是极尽巧工，但仍不很满意。

终于，第三位画师上前了，他站在画作边上，国王照例向其点头示意。可这位画师在揭开画作之前，向国王提出了一个请求。"国王，我卑微地请您在我揭开画作后的十五分钟之后方作评论。"虽不同寻常，但国王还是答应了他。画师揭开了画布，众人不禁倒吸一口凉气——那画布竟然是空白的！

"这是何意？！"国王也不禁高喊。他想起答应过画师的要求，便不再作声。画师也似乎对国王的惊叫毫不在意。他认真地注视着眼前的空白画布，一手持画盘，另一手持画笔，开始在画布上作起画来。

色彩从他的一笔一画中倾淌而出。他笔下的线条如起舞般，时而像变幻的火焰，时而像汩汩的流水，时而像满地的麦田，时而像孩童的眼睛——国王的眼神呆了。

十分钟后，他完成了画作，转身面向国王。所有人都缄默了，只有风声过耳；众人如同被催眠般凝固在瞬间。

人群中忽然有人打破了这沉默，开始鼓起掌来。随后另一个也开始鼓掌，然后一个接一个地，人们的掌声如雷鸣般响起。众人站起身来，吹着哨子，喊着："好画呀！好画呀！"国王从座椅中站起，张开双臂，眼里含着泪水拥着第三位画师。"这正是我在寻找的画呀！"另外两位画师也激动地含泪举起第三位画师的双臂。

 **智慧领悟**

艺术本身是一种流动的美,甚至就连创作过程本身也是作品的一部分。但现在大部分的艺术,只是展示结果,却无法让人看到整个过程。故事里的第三位画师之所以打动人,正是因为他把创作的激情、从无到有的转变,以及流光溢彩的笔触,都在十分钟的时间里展露无遗。这位画师的技艺也确实高于别人,他有优秀的心理素质,也有娴熟的画功,更有对公鸡神态动作细致入微的观察。但最重要的,是他对艺术的理解与他人不同——艺术的灵魂在于展示,不仅仅是作品,也包括艺术创作本身。正是这展示过程,帮助他超越了前面两位巧匠,成就了杰作。

20 心有灵犀

在犹太 5663 年（公元 1903 年）的冬天，父亲在维也纳拜访几个医科专家，我陪同他在那里度过了几个月的光景。一个周三的晚上，父亲带我走进一家犹太中心，见几个年长的犹太弟子正围坐在一起谈论着什么。我们走上前去听个究竟，原来他们在讲述一些关于巴尔米石兰（Premishlan）的拉比梅厄的故事。

在梅厄许多令人称奇的故事中，有这么一件事尤为突出。据说他那区域的净身池坐落在陡峭的山下，天气要是稍微潮湿恶劣一些，山路就尤为湿滑艰险，每当此时，所有人都宁可绕很大一个圈子走去净身池，因为生怕滑跤，碰坏脚骨。唯独拉比梅厄，无论天气多么恶劣，他都是走同一条山路，也从没见他摔过跤。

一个寒冷积雪的冬日，梅厄仍旧按旧路去净身池，也不绕开积雪的山路。当天有两位客人在城里过夜，他们出身富裕之家，思想上受到当时一些启蒙运动的影响。两人根本不信一些玄乎的传说，因此，见到梅厄竟能在陡峭积雪的下坡路上稳步前行，脚步坚定如履平地，他们下定决心要证明自己也能征服这样的险途。他们目送梅厄走入净身池所在的楼里，便二话不说，立即动身。不料，才走了几步远，他们都滑倒在雪地里，伤得不轻，急需治疗。

这两人中有一个人的父亲曾是梅厄身边亲信的弟子，他在完全康复后，鼓起勇气问梅厄：为什么没有人能在那条陡峭艰险的路上平安无事，而您却安然无恙呢？

梅厄答道："如果一个人在高处停留，那么他不会跌倒。他可以走上坡，走下坡，走泥泞的路，但不会摔跤。"

当时在维也纳的时候，父亲受医生嘱托，需要每天都在户外行走一定时间。于是，我们离开那个犹太中心，在清澈馥郁的夜晚散步，花园的小径通往城里的一条长街，当夜月光如洗，照亮了前方的细枝末节。

父亲一路都在沉思着什么，以至于招来不少过路人的注意。每当父亲在思考的时候，我总是很想知道他脑子里究竟想什么。他脸上最微妙的神情和动作都被我用来猜测他所沉思的内容，我是多么想知道他的思想在何处徜徉呀。

哈西德派常鼓励人们探讨话语和思想之间的区别，话语的作用是揭示，而思想往往是隐匿的。一个人可以终日深陷沉思，而他边上的人也许对他思考的内容全然不知。更进一步讲，最为隐匿的是一个人思考的过程，因为他大致所思考的内容——其关乎学术问题，抑或是情感问题——是可以从他面部的表情中略知一二的。

我和父亲如此走了许久之后，我终于按捺不住。这样散步下去我只会愈加垂头丧气，时间似乎都凝固了，我在不经意间竟长长地叹了一口气。

父亲竟忽然停下来，仔细端详着我——似乎能把我看透——说道："为什么要叹气呢？如果一个人在高处，他是不会跌倒的。"

智慧领悟

到底梅厄与其他人的差异在什么地方呢？他是一个停留在高处的人，而那两位弟子不过是偶尔路过。长久在高处所锻炼出来的品性、机敏和成熟，使梅厄举重若轻，走陡坡如履平地。这样的能力并不是一朝一夕可以学会的，更非逞一时之勇就能做到。谁都希望可以在各种环境都不跌倒，但想要如此，先要学习停留在高处，当你的心先于肉体追求一种超越的状态时，自然会有任何环境都如履平地的潇洒。在这个故事里，"我"因为父亲长久的沉默就感觉垂头丧气了，但父亲对儿子的提醒正如梅厄拉比所说的——你若在高处，就不会被沮丧打倒。长久安静地思考会帮助人的思想达到一个高度。这样的过程或许是孤独的，但却使一个人沉稳，老练，不易被打倒。

21 难以下咽

拉比伊扎克怀着不安的心情走进他的拉比,拉比摩西(柯区林地区的主拉比)的书房。多少年来,他多少次进入这个书房,向这位犹太哈西德教派的大师请教和讨论各类问题,可他从未提起过他今天想要开口的问题。

从前两人之间的对话和探讨总是关于各类精神层面的东西。要知道,拉比伊扎克挣扎在温饱线上:一直如此,也许未来也将如此。但这并不影响一个心无旁骛的人专心研究问题。伊扎克总是说,上帝对于谁该拥有金银财富,自有定夺,无须任何旁人言语。伊扎克也深知,唯一可以打扰到他的拉比,让其停下来讨论的问题是,如何能更好地服从于上帝,如何在真理的道路上前行而不走上歧路。

诚然,拉比伊扎克从不为五斗米折腰,他总是满心愉悦地感恩上帝赐予他足够的物质。他总说:"口腹啊，你该庆幸，你仍是轻盈的，而非负担累赘。"

可是，现今他的女儿们都到了待嫁的年龄，而他拿不出一分钱来筹办她们的婚礼所需。妻子女儿们都为此深深烦恼忧郁，要知道，一位犹太精神领袖曾说过，忧郁是一种会迅速蔓延的疾病，任何生活在其阴影下的人都难逃其魔掌。伊扎克意识到这种气氛已经开始影响到他服从上帝的心。

于是，他终于走进了拉比摩西的书房，开口问出一个不堪想象的话题。他想让拉比摩西给予他来自上帝的祝福，让他能有一个更可观的经济收入。

"拉比，我……我……"话刚到嘴边又不得不咽下。他觉得自己像是一个正在行窃时被抓到的贼。"拉比，我我……说不出口，我的妻子，女儿们……"他竟说不全他想说的话。

但对于拉比摩西来说，这些已经足够了。摩西试探性地挑了一下眉毛，说道："伊扎克，你是不是想要舒适的生活？仅此而已不是吗？没问题，我将为你赐福，可是你得先答应我做一件事情。"

"将这两枚金币拿去，"摩西对眼前已然目瞪口呆的伊扎克说道，"你今天回家前，拿这金币去买你能找到的，最昂贵的珍稀佳肴。最上乘的美酒，最考究的肉，最精致的菜肴，各种新鲜的果蔬，各种新鲜烘制的甜点。别少买了任何东西，也别把这钱剩下。你得带着所有买来的食物，摆在你餐厅的桌上，就像宴席一般。这些钱该够你一个人足足美餐两顿了，正好中午一顿，晚上一顿。"

"你必须记住，"拉比摩西提醒道，"这两顿佳肴，你必须一个人独享，一个人默默地独享。如果你妻子或是孩子提出也要吃一点，或者只是尝一点，你就忽视他们，一个字也别说，只管享用你的美食。你得记住我对你说过的话，必须按照我说的去做！完成了之后，你再回来，我将赐予你想要的东西。"

回家的一路上，伊扎克仍不敢相信自己答应了拉比摩西要做的事情。这么多钱只是买食物怎么用得掉？他一个人吃怎么吃得掉？他平日里根本不介意吃什么呀！况且，他怎么做得到不与家人分享呢？

他以为这些很难，不料做起来比想象更难。他独自坐在满桌的美食佳肴前，而他的家人们近乎祈求般地在边上看着他。口中的食物实在是难以下咽，每一口都是更大的折磨。他的内心在挣扎，在呼喊："上帝啊，我愿把我的灵魂交给你，就请你让我可以逃过这一餐吧！"

他的孩子们在边上哭哭啼啼，他的妻子低声呜咽，责怪他怎么能这样残忍。"上帝啊！他的孩子只是想尝尝而已，他却对孩子们的祈求视而不见。他们在哭泣啊，而他连正眼都不瞧。他只会吃了吗！伊扎克，你是疯了吗？！"

说罢，他妻子便晕倒在地。伊扎克虽见此情此景，仍保持镇定，咽下最后一口饭，转身便出门去见他的拉比摩西。

"欢迎你回来啊，伊扎克！"拉比摩西迎接道，"我想你都照我说的去做了吧，我猜得没错吧？"

"是的。"伊扎克嘴里喃喃道，眼里已忍不住泪水。

这一切当然都逃不过摩西的眼睛。"伊扎克，现在你听好，"摩西用非常平和的语气继续道，"你准备好这样的生活了吗？上帝将赐予你享之不尽的财富，你可以用来买一切你想拥有的东西，你可以每顿都像这两顿饭吃得如此奢华。你准备好接受这样的赐予和生活方式了吗？你妻子孩子不得共享，可是即使共享又能怎样？即便你施舍给那些有需要的人们——那么

21 / 难以下咽

还有更多的你无力帮助无力施舍的家庭呢?你自己的远亲呢?他们的远亲呢?他们都会用饥饿的眼神望着你盘中的食物。你想要获得如此的财富吗,你想要顿顿都有这样的美餐佳肴吗?如果这是你想要的,那么拿去吧;我给予你这样的祝福。伊扎克,你想要吗?你能够要吗?"

"不,我不能够,"伊扎克轻声道,"不!"他提高了嗓门,"不,我不能够,我也不想……"

智慧领悟

舒适的生活是每个人都想要的。但在一些更看重精神富足的人眼中,物质上的富足反而会阻碍他们获得内心的平静。祈求更舒适的生活难道是错的吗?当然不是。但从主人公经历的考验来看,他不是那种忍心独自享受而不顾他人死活的人。对这样的人来说,拥有更多的财富反而会让他们的心灵陷入煎熬。因为这个世界上还有那么多人在为生计挣扎,他怎能安心快活?想要过得更好,本没有错,但同时我们的眼睛也要眷顾他人,这才是拥有财富的正确方式。

22 交叉路口

一天,正值周五,哈西德著名拉比 Yaakov Yitzchok Horowitz(人称卢布林拉比)和弟子们一同出行,眼看着就到一个十字路口了,马车夫问拉比该往哪个方向走。奇怪的是,拉比似乎也毫无头绪。无奈,他只能耸耸肩,说:"不妨就放开你手中的缰绳,让马儿来决定我们的方向吧。"

不一会儿,他们来到了一个小镇。可四下询问后,方意识到这根本不是他们原本计划要去的地方,更糟的是,方向恰恰相反。

"夜色已深,不如我们就在这里过安息日吧。"拉比道。随后又叮嘱:"但千万别跟这里的任何人透露我的身份,也不要说我是个拉比。"

弟子们不禁惊讶。因为拉比平时不允许他们在安息日晚口袋里留钱过夜,所以他们身上没有一分一厘。更何况拉比身上的钱也都在白天安息日来临之前分给有需要的穷人了。如果拉比不允许他们透露身份,那他们安息日怎么解决温饱呀?

弟子们向拉比说明了困惑,拉比道:"我们就像别的犹太旅人一样啊,今晚我们去当地的犹太中心,放心,他们看我们没有地方可以住,一定会收留我们的。"

于是弟子们照他的话做了。他们在犹太中心里面祷告完毕后,受邀下榻于不同的住所。而拉比,总是习惯于在安息日晚长时间地祷告,所以仍留在了犹太中心里,他雷打不动地保持着这个习惯。等他祷告完时,整个会堂都空了。

其实,会堂里还有一个人也留下了。他是一个已年近八十的老人,看到这位陌生的新来客正坐着孜孜不倦地念安息日祷告文。

老人打开了话匣子:"你准备上哪儿去吃安息日晚餐呀?"

"我没地方去。"

"你为何不在你下榻的旅馆里用餐呢?"老人关心地问道,"如果是钱的问题的话,你尽管在那儿吃,等过了这个安息日我就去那旅店里帮你付餐费。"

"我注意到他们没有点安息日蜡烛,所以心想也许他们的食物也并不符合教规吧。"

"真是可惜了,"老人喃喃道,"你也可以上我家吃,但是我和我妻子的晚餐只有面包和红酒。"

"我并不饕餮。"

"那就跟我来吧。"老人心中不由升起关切。拉比顺从地跟他一起离开了会堂。

安息日餐后祷告完毕,他们安静地坐在餐桌边,老人开始问起他的来处。当他说明自己从何而来后,老人询问是否听说过当地的卢布林拉比。

"我一直与他同在。"他答道。

"那可太好了,"主人道,"快告诉我关于他的事吧。"

"你为什么那么想知道关于他的事呢?"拉比问道。

"因为啊,"老人说道,"我曾经在小学里教过他,他当时还很小,在学习上似乎也并没有过人之处。但现在我听说他是个了不起的拉比,也做了不少好事情。"

"那他小时候有什么与众不同之处吗?"拉比好奇地问道。

"只有一件事让我印象深刻,"这位已退休的年迈的教师道,"每天早晨我通常都想让他朗读祷告文中的几段话,可我发现总找不着他人。他总是在一早就消失!过一会儿,他又会再回到课堂上。我呢,就往往惩罚他,因为他不经我的允许就离开教室。一天,我心想'这真是够了!我得好好去看看他每天究竟是去哪儿了'。我用余光悄悄地关注着他的举动。那天他一出教室,我就一块儿紧跟在后,我很小心翼翼,没有跟太紧,因此没让他发现。我看到他走进了一片小树林中,我跟上去,透过茂密的树林,竟发现他坐在那儿聚精会神地祷告!

"打那儿以后,我便再没有惩罚过他了。现如今,这么多年过去了,我真的很想在他取得了成就后再见见他,但这个愿望也许不能实现了。我年事已高,身体已经相当虚弱了,况且也没有资金可以让我千里迢迢跑到卢布林去见他。但是你可知,我想见他的决心是相当强烈的,我每个星期都会断食一天,以得恩赐让我可以在有生之年再见我的学生一面。"

终于,拉比顿悟事情背后的真谛了,理解为什么他们被带到了这个小镇上。他深情地看着眼前的主人,温和地说:"我正是他啊,我正是卢布林拉比。"

话音刚落，老人便晕倒昏迷了。他的妻子和拉比卢布林花了很大的工夫才使老人稍微恢复了一点知觉，他已经奄奄一息了。

周六晚，卢布林拉比和他的弟子们离开了小镇，继续上路。老人随着他们也行了一程，可他实在支持不住，便回家中去了。在拉比卢布林的提议下，他们在就近的村里享用了安息日落幕的晚餐（安息日的第四餐，即 Melaveh Malkah，字面意思是护送女皇，是指通过唱歌、美餐欢送 Shabbath 女皇出城，也意指安息日结束）。晚餐过后，卢布林拉比说道："现在我们启程去刚才的小镇上，参加我幼年恩师的葬礼吧，我们欠他一个他应有的颂词。"

智慧领悟

走错路的事情在生活中在所难免，我们通常都会极力避免这样的事发生。但真的走错的时候，不妨把这当作是一段奇遇的开始。就如同故事中的主人公，他走错路以后不但没有怨天尤人，还将错就错地在原地等待与人偶遇，结果果然成就了一段传奇。他并不知道会发生什么，为什么会有这样的把握呢？或许这也正是他的智慧所在，他相信一切事情的发生都自有原因和目的，而他所做的，就是在事情发生时，虔诚地跟随，主动地回应。今天我们或许并不缺乏控制事情全局的能力，但如果可以像故事中的拉比那样，安然接受意外，并从中发现惊喜，那也是极大的智慧。

23 高昂的祝福费

维帖布斯克（今白俄罗斯东北部城市）住着一位犹太弟子，多年无子嗣，非常忧愁。他多次前往丽昂兹纳恳求扎尔曼拉比（Rabbi Schneur Zalman 哈西德派创立人）赐他祝福，以求上帝能听到他的祷告与期盼。可奇怪的是，拉比每次都表示无能为力。

他决心再次请求拉比帮助，在写给拉比的信里他还附上一笔捐款，用于儿童慈善事业。拉比仍然表示无能为力，但他给出了个建议，虽然这个建议不怎么寻常：去找卡尔林那边的一个哈西德导师吧，他能够帮得上你。

一般来说，犹太弟子不怎么向别的地方自己不太熟悉的拉比求助，但这可是扎尔曼拉比让他这样做的，他考虑到多年来自己迫切想要实现的愿望，于是动身去卡尔林。

到达卡尔林后，他与当地的犹太弟子谈话，以熟

23 / 高昂的祝福费

悉情况。他们说,如果想要向拉比求助的话,最好的时机是趁拉比出行的时候找机会和他交谈,据说他往往会在旅程中对同行人给出一些建议和祈福。犹太弟子在卡尔林住了几天之后,终于机会来了,卡尔林拉比宣布他准备出行几天,并邀请有需要的人同行。万事俱备,他们一同启程了。

卡尔林拉比一行人途经许许多多小镇村庄,但始终没有合适的时机让犹太弟子觉得可以开口提出他的问题,而拉比对此次旅行的目的也是只字未提。终于,他们在一个村庄停下了,卡尔林拉比忽然问犹太弟子愿不愿意给他一大笔钱,这样他就可以赐他子嗣。

这犹太弟子并非家财万贯,更别提这次旅行已经远远超出他预期的计划,让他口袋有些窘迫了。该怎么办呢?他决定不给卡尔林拉比这笔钱,在和拉比告别后,他便转头往回家的方向赶了。他心里直嘀咕:一个号称正直的人,怎么能开口索要这么大一笔钱呢,更何况只是个祝福而已?

回家后又过了一段时日,他决定再去丽昂兹纳拜访自己的拉比扎尔曼。在私下谈话的过程中,扎尔曼拉比问他有没有去找过卡尔林拉比,有没有从他那里得到什么建议。

犹太弟子回答说他的确去找过卡尔林,不光如此,还耗费了不少时间和财力陪同卡尔林拉比同行,可拉比竟然向他要一笔远超出他能力范围的金钱,他说:"这到底算是什么勾当呀!怎么能收这么高昂的一笔祝福费用呢!"

扎尔曼拉比道:"你之所以没有子嗣,是因为你曾经狠狠地挖苦过一位圣人。"

"我可从没攻击过什么圣人啊!"犹太弟子哭喊道。

"你确实有过,"拉比坚持道,"你还记得贝尔拉比吗?他可是德艺双馨的学者啊。"

"我可从没觉得他有什么了不起。"犹太弟子不屑道。

"是吗?"扎尔曼拉比不敢相信自己的耳朵。

"你要知道,他可是备受尊崇啊!塔木德中曾这样说道,如果你言语损伤一个智者,那么惩罚是一磅的金币。由于贝尔拉比已经魂归西天,你无法再向他致以道歉,征得他的原谅。一些死后仍影响着我们的拉比们认为,及时在智者死后,偿还这一磅金币,仍

23 / 高昂的祝福费

然是有益处的,能够消除过去言语犯下的错。卡尔林拉比一路上所带你去的地方,正是这些已经去世了的拉比们所安息的地方,他想要通过他们的力量和支持来帮助你达成愿望。他问你要的这笔钱也就是相当于一磅黄金。可惜啊,你竟然错过了这个机会。"

"我自己是不可能帮到你的,"拉比解释道:"因为一个学生必须永远牢记他老师的恩遇,而贝儿拉比正是我的恩师。"

智慧领悟

一个自以为是的人,别人是很难帮到他的,因为他常常对自己的错误不以为然,又不能欣赏他人,保持谦卑的态度。故事中的犹太弟子就是如此。明明是自己有求于人,却随意论断评判对其提供帮助的人。甚至当他知晓出现问题的原因后,也依然没有放弃他傲慢的态度,觉得那位他曾经不屑的伟大人物不过如此。就这样,他丧失了一切弥补自己过失的机会,而这完全是他自己的选择。我们今天保持谦卑,不是为了看起来有礼貌,或者为了他人的感受,而恰恰是为了我们自己的益处。

24 火鸡王子

很久以前,王子和他的父亲母亲,也就是国王和皇后,住在美丽的宫殿里。他们锦衣玉食,王子也在最优良的教育条件和生活环境下成长起来。

忽然有一天,王子不知道自己是谁,觉得自己不是人类,而是只火鸡,这可把他的父母亲给急坏了。

起初,他们以为孩子是在开玩笑,可他们吃饭的时候,儿子不再和他们一起坐在餐桌旁,而是赤身裸体地爬在桌子底下捡掉下的碎饭粒吃。他们这才觉得事情严重了。

不用说,王子的这一系列怪异的举动不光让爱他的父母亲心中产生难以名状的怒火,更是让整个皇室家庭都感到蒙羞。国王下令谁要是能治好儿子的怪病,荣华富贵都不是问题。天下最高明的医师、医学专家纷纷赶来皇宫,但没有一个能治好王子的病。

国王终日忧心忡忡,直到有一天,皇宫里来了一位面相和善的智者。"我是特地前来帮助王子康复的，我不收任何费用，"这人说道，"但是，我有一个要求，就是谁都不能干涉我的治疗方法。"

国王和皇后此时已经是心力交瘁，听了他的话也甚是好奇，于是爽快地答应了这位智者的要求。

第二天，王子桌子底下来了个新伙伴。那新伙伴正是这个智者。

"你在这儿做什么？"火鸡王子问他的伙伴。

"我还没问你在这儿干什么呢！"他反问道。

"我是一只火鸡。"王子强调。

"行，我也是一只火鸡。"智者答道。说罢便开始在地上啄米粒吃。王子相信了他，就这样他们互相陪伴了好几天。

一天早上，智者问国王要了一件衬衫。智者拿着衬衫对王子说："我看我们火鸡也能穿衬衫！"王子想了想，觉得这话有道理，便同意了。不久两人一同穿起了衬衫。

又过了不久，智者问国王要了一条裤子。他对王子说："我们火鸡就不能穿裤子了？！我看不是！"王子深思熟虑后，觉得这话有道理，便同意了。两人一同穿起了裤子。

事情就这么进行着。又过了不久,智者和王子说,其实火鸡也能吃人类吃的食物,说不定还更加美味呢。他们于是一同坐在了餐桌边,边用餐边像人类一样开始交谈。时隔不久,火鸡王子虽然仍说自己是只火鸡,但已经和人类的行为举止毫无差异了。

幸亏我们中的大多数人没受火鸡症的折磨,但是我们应该问问自己:有没有因为对自己的认知局限,而禁锢了自己的潜力呢?

智慧领悟

在读这个故事的时候,认为自己是火鸡的王子或许会令人我们感到好笑。但仔细想一想,我们真的比他强很多吗?我们有没有一些对自己的认知局限,导致我们一直躲在自己的舒适区里不肯出去,就像火鸡王子躲在桌子下面捡米粒吃一样。我们对自己的看法,决定了我们做事情的态度和方式。所以,当我们的态度和方式出了问题时,与其勉强自己去改变外在行为,不如问一问自己:我是怎么看我自己的?是不是我对于自己的认知出了问题?

25 一盘饭菜

不瞒你说,这维特布斯克的犹太人啊,口袋特别紧,他们以不轻易掏钱而著称。如果有人筹钱去办一项颇有意义的事情,你得费很多口舌,施加很大压力,他们才会捐助一些钱。但是,另一件事得另当别论,他们要是看到有人饿着肚子没钱吃饭,总会毫不犹豫地提供帮助,提供食物。确实说来,塔木德中提到过,提供直接能吃的食物比捐钱更加有意义,因为食物能解决燃眉之急,而金钱呢,得绕个圈子。

有一天,维特布斯克的一个弟子前去拜访曼德尔拉比(Rabbi Menachem Mendel,1789 — 1866)。他向拉比诉说,他的独子被征军了,马上就要离开家。一般来说,家里如果只有一个可入伍男子,是自动免除兵役的,可今年以来的新政策比以往都要严苛,连家中的独子都难保了。"求求你啊,拉比,"这可怜的人恳求道,"帮帮我们吧,救救我们吧。"

曼德尔拉比摇了摇头,很是无奈地说道:"这我真的帮不上忙。"

弟子不断地请求,不断地美言,极尽其所能,可是拉比还是无动于衷:"这我真的帮不上忙。"

弟子恰巧认识曼德尔拉比最年幼的儿子(这个年幼的儿子日后会成为曼德尔拉比的继承者)——塞姆尔拉比(Rabbi Shmuel, Maharash, 1834 — 1882),他也是曼德尔所有七个儿子中唯一仍住在这个城市中的孩子。弟子离开曼德尔拉比后,急忙赶去塞姆尔拉比那儿,又把他的恳求重复了一遍。塞姆尔拉比向他保证,一定尽自己所能去说服父亲。塞姆尔在父亲面前极力帮助那个弟子说话,可是父亲仍然说:"我一点儿都帮助不了他。"

离最后的时日只剩两天了,弟子又一次派代表去向曼德尔拉比求助,曼德尔拉比坚持表示他什么都帮不了。

不久,曼德尔拉比唤他儿子去书房,并让儿子带上正在学习的书卷(Midrash Tanchuma,是圣经经典中三卷涵盖了各种传奇故事的典籍)。拉比翻起书卷,手指停在了儿子本周在学习的"律法"这个章节,他指了指第15条,示意上面的几行短诗,"你若借钱给他"

（出埃及记22：24）：

我民中有贫穷人与你同住，你若借钱给他，不可如放债的向他取利，你若借钱给他，他能够逃脱一天的饥饿，你若借钱给他，你就重新给了他生命，我是有恩惠的：当明天你的儿女身处险境的时候，我会记住你今天所做的善事，我是有恩惠的。

塞姆尔拉比不解，不知道为何父亲要特地让他看这么一段文字。

几天后，好消息传来，原来那个弟子的儿子被解除了兵役，似乎也没有给出什么特别的解释。曼德尔拉比显然喜形于色。

拉比的儿子塞姆尔很好奇中间究竟发生了什么，因为他明明记得父亲反复强调自己什么忙也帮不上。随后有一次，他去维特布斯克办事的时候，特地让车夫绕路，在那位弟子家附近稍作停留。

弟子见塞姆尔拜访，很是高兴，恭恭敬敬地请他进去坐。塞姆尔拉比开始询问他儿子原本要开始服兵役的那天究竟发生了什么事情。

"其实也没有什么特别的事情。"弟子答道。

塞姆尔让他问问妻子，是不是有什么他忽略的事情。他妻子也说不记得有什么特别的事情发生。

"啊，等等！"她突然惊呼，"我想起一件事来！我说给你听。

"那天，一个可怜的穷人来到我们家，问我们要点吃的。刚开始，我们对他说，实在是抱歉，我们正在为将要离家服兵役的儿子忧愁不已，根本没工夫没精力去照顾他。可是他对我们苦苦哀求，说是已经很长时间饥肠辘辘，没有东西吃了，他说他真的非常饥饿，况且一个犹太人见着另一个犹太人如此受苦，怎能无动于衷，说自己没有时间没有工夫呢？听他这么一说，我们意识到了自己的错误，给了他一餐丰盛的食物，其实那顿饭菜，原本是我们特地准备给儿子吃的，作为他临行前的告别餐。反正当时我们也是忧心忡忡，也咽不下任何食物。于是我们……"

说到这里，塞姆尔拉比打断她道："谢谢您，就此打住吧。我已经明白事情的来龙去脉了！"

智慧领悟

苦难会让人更加自私，还是更加慷慨？如果一个人自己正处在艰难困苦中，他还会有余暇去同情他人的难处吗？这个故事中的老夫妇在他们遭遇不幸的时候，依然没有丢弃他们的怜悯之心，不忍心看到自己的同胞挨饿，并且拿出了最丰盛的饭菜去招待讨饭的穷人。而他们也确实经历了神迹，使自己的孩子免于兵役。这中间有因果关系吗？根据犹太人的信仰，这是上帝对于怜悯之心的回报。上帝鼓励人们帮助穷苦的人，并且这样的人最终也会得到帮助。所以无论什么时候，在我们有余力帮助他人的时候，都不要犹豫，或许命运对我们的馈赠和拯救就在其中。

26 婴孩的啼哭

多夫贝尔拉比还只是个年轻小伙儿的时候,和父亲扎尔曼拉比同住一个屋檐下。多夫贝尔自己的小家庭住在一楼,而扎尔曼拉比住在他们楼上。

一天夜里,多夫贝尔正在书房里埋头苦读,他最年幼的、刚出世不久的儿子从婴儿床上滚了下来。多夫贝尔沉浸于学习,什么都没听到。但是同时也在楼上苦读的扎尔曼拉比听到了婴儿的啼哭声。拉比赶忙跑下楼,把婴儿从地板上抱起来,擦干他眼边的泪水,又把他轻轻地抱回床上,摇着他抱着他,直至他再睡去。多夫贝尔全然不知这一切的发生。

那天更晚一些时候,扎尔曼拉比批评了他的儿子:"不管你在忙的是多么崇高的事业,你都不应该听不见一个婴孩的哭泣声。"

后世的拉比们常把这个故事说给他们的弟子们听,在他们看来,这个故事包涵了扎尔曼拉比思想的精髓——极度强调个人的净化、精进，不断更好地服从于上帝的同时，必须对婴孩的啼哭时刻敏感。

今天的许多孩子，在不同的年龄阶段，会失足掉出他们传承的"摇篮"。于是他们的灵魂会向我们发出求救的呼喊，我们则必须侧耳倾听他们的啼哭，并伸出援助之手。即便我们手中捧着书，嘴里念着祷告，我们也应停下来，使尽全部的心力去抚慰这些灵魂，把他们再次抱回他们所继承的"摇篮"中。

智慧领悟

在多夫贝尔心目中，显然崇高的事业要比婴孩的哭泣重要得多。所以，当他全神贯注埋头苦读的时候，就会自然而然忽略了后者。与高尚而脱俗的学业进修相比，婴儿的哭声似乎代表着尘世的琐碎和烦扰。然而，哭声背后，是一个活生生的小生命，是他真实的痛苦和需要。如果我们精神和信仰上的追求，不能让我们对人世间的苦难有更多的怜悯和关注，那么这些追求是不全面的。没有了怜悯之心的修为就如同海市蜃楼，脱离了实际的生活，虽然深奥精妙，却不能真正让这个世界更加美好。

27 雅各布的真理

犹太历5559年,即公历1798年,扎尔曼拉比从狱中被释放,标志着哈西德派学说历史上重要的里程碑。扎尔曼随即向所有弟子发信件,让他们切忌骄傲,切忌对任何人有居高临下的姿态。信件的开头部分引用了创世纪中雅各布对上帝所说过的话:"所有的恩惠,所有的善良,让我觉得自己更加渺小,这是我从您身上感受到的真理。"

扎尔曼对此作如下注解:"这句话的意思是说,上帝对于一个人所赐的每一件恩惠,都应让他更谦卑,更虚心。因为神赐的善良是让我们感受到'上帝的右手拥护着我'——上帝把我们向他拉拢,热烈地,热情地。一个人离上帝越近,就越会从内心深处感到谦卑。'在上帝面前我们都是渺小的,如泡影般微不足道',因而一个人离上帝越近,就越觉得自己的小……雅各布正是这样。

27 / 雅各布的真理

"反之,还有另一种情形,一种完全不同的情形,就是我们所说的'恶':越多的恩赐,越多的恩惠,反而助长其自大和自满。

"因此,对于上帝赐予我们极大的恩惠和善意,我请求大家:要做雅各布……切忌觉得自己高人一等;也要时刻注意自己所说的话,不得口无遮拦。我请求大家不要把胜利和成功挂在嘴边,而是把我们的灵魂和精神放得很低很低,谨记雅各布所说的话和他的真理……"

扎尔曼的曾孙塞姆曾说:"如果曾祖父在他写给大家的信中,去掉'谨记雅各布所说的话和他的真理'这些字的话,我敢保证他的弟子及追随者会再多五万余人。但是他不会这么做,他所写的,必须亦是真理。"

智慧领悟

得到美好的事物,容易让人沉醉其中。特别是经过努力后的所得,更加容易让付出者变得骄傲。这位拉比在这个时刻对弟子们的提醒,发人深思。面对得到的恩惠和成就,如果看到自己的渺小和卑微,那么反而会显现出我们内在的优良品格。故事的结尾，由他曾孙的话语，我们也可以想象得到这位犹太拉比的谦卑虚己，也可以感受到他在众人心目中更加伟大，因为他本身就让人感受到真理的力量。

28 皆无定论

阿坝胡拉比的儿子阿维米说：

"有些孩子孝敬他们的父亲，给父亲吃最鲜美最嫩的鸡肉，可他们死后却下了地狱；另外还有些孩子，他们让自己的老父亲辛苦地磨面，最后却上了天堂。"

有人要问，一个人给父亲吃鲜美鸡肉，怎么会下地狱呢？

从前有一个人，他给父亲吃又肥又多汁的鸡肉。一天父亲问他："孩子啊，这鸡肉你是从哪里买来的呀？"

他对父亲说："你啊，这么大岁数了还问东问西，你别管这么多，只管嘴里吃就好了！"

这个人，他给父亲好的食物吃，可是最后却下了地狱。

那有人要问，一个人让父亲那么辛苦地磨面，怎么会上天堂呢？

从前有一个碾磨工,他收到国王的命令让他年迈的父亲去皇宫里做奴隶。他对父亲说:"父亲,您来我的碾磨坊做我的活儿,我代您去皇宫。如果他们要欺凌我们,那么就让我受欺凌,我不能让您受到委屈。如果他们要我们挨打,那么就让我挨打,我不能看到您受痛苦。"

这个人,他让父亲在碾磨坊里辛勤劳作,最后上了天堂。

智慧领悟

如果我们仅仅是听第一段对行为的描述,或许会感到大惑不解,深深地感到不公平。要等到我们看完整个故事的前因后果,才会恍然大悟,并且觉得非常合理。但生活中很多时候我们只能看到他人生活的一个片段,我们就会根据所看到的这个片段去判断是非。事实上这样非常狭隘。除非我们在他人的故事里生活过,否则我们没有权利也没有能力去判断他是怎样一个人。所以,当一些人的行为和际遇令我们愤愤不平的时候,想想这个故事吧。

29 有权自夸

从前有一个医生,不仅医术高明,人品也是人见人夸。他善良亲和,哪怕是本职工作以外的事情,他也总是尽力而为。但是他有一个缺点,就是喜欢逢人便夸自己的优点,觉得自己的美德是值得这样被称颂的。

一天,他坐着他那辆非常时髦的四轮大马车出行,看到拉比正沿着路边行走。心地善良的医生连忙向拉比提出可以带他一程。拉比接受了医生的好意,坐上了马车。一路上,医生开始滔滔不绝地谈论自己所做的一些善事。"有一些病人没有钱,他们来找我看病,我对待他们就像对待其他付了钱的病人一样,毫无差异。"他说道。

"嗯嗯,"拉比点头道,"我也是这样。"

医生听了感到很困惑。拉比看起来并不会什么医术啊,什么叫作"我也是这样"呢?医生心里默默地想,也许他的意思是,任何来向他请教研究方面的问题的人,他都一视同仁吧。

于是他继续说:"每当我遇到那些承担不起医药费的病人时,我也毫不犹豫地把药给他们。"

拉比在边上聚精会神地听着,不屑地应道:"这有什么,我也这么做的。"

医生更加困惑了,他心中纳闷道:难道说,拉比也像自己一样会开药?不可能,这绝不可能啊……他的意思一定是,如果一些东西他在正常情况下是收费的,他会免费给一些有需要但又无力偿付的人们。

医生再次提起同样的话题:"每次当我碰到经济条件不允许的病人时,哪怕他们支付不起我这边的医药费,但想要去别处疗养恢复的话,我还会帮助他们支付他们去各种疗养中心的车马费。"

医生信心十足,心想这回拉比应该没话好说了吧,可让他瞠目结舌的是,拉比竟然又回答道:"啊!我也是这样的啊。"

来来回回这样对话好久,终于医生按捺不住了。"对不起,我尊敬的拉比,我听不懂您说的话,"他明显有些恼羞成怒,"怎么您也是医生吗?您也救死扶伤,开药解难,帮助病人们去疗养中心康复吗?你说的'我也是这样'究竟是什么意思?"

拉比笑了,他说:"我只是想对你说,我也是这样,在和别人交谈时,我也总是只夸自己的优点和所做的好事。对于自己身上的缺点,我只字不提,就同你一样呀……"

智慧领悟

无论一个人具备多少美德,爱炫耀的习惯都会让他人心生反感。因为炫耀的乐趣就是建立在"我做到了,而你没有"的前提下。故事中的医生就是如此。他一再地发现自己有的东西别人同样有,费尽唇舌也得不到想要的赞美,于是炫耀的乐趣就荡然无存了。到了最后,他甚至忍不住开始攻击对方。或许我们有时也会陷入这样的情绪——做了好事拼命地希望别人来感谢、赞赏我们,没有如愿的时候就恼羞成怒。这个故事提醒我们:具有美德,广行善事,本来是非常好的,然而如果做这一切的目的仅仅在于向人炫耀并获得赞赏,那么善行就只是出于一个自私的动机,也许它也就不再是"善行",而是"筹码"了。

30 天堂的屠夫

曾经有一位正直善良的弟子想知道自己下辈子的邻居会是谁,他断食,祷告,希望上帝能透露在伊甸园中等待他的将是谁。终于有一天,他做了一个梦,梦见自己下辈子的邻居不是别人,正是小镇上的屠夫。

弟子坚信这个梦不算数。一个近乎不识字、毫不起眼的屠夫怎么可能是自己的邻居呢?自己如此品格高贵,应该在伊甸园中有更好的一席之地呀。于是他继续断食,祷告,希望能得到一个真实的答案。

"你已经得到你想要的答案了:你在伊甸园中将与屠夫为邻。"在梦中,他又一次被严肃地告知。"幸好你品行优良,不然的话,你如此鄙视看低一个非凡的善者,是要受到死刑的处罚的。"

第二天醒来,弟子急急忙忙赶往当地的肉食市场,只见那屠夫如往常一样,正在切肉。

"早上好啊,"屠夫朝他微笑道,"您需要什么呢?"

"我请你告诉我,"弟子道:"你做过哪些好事。"

屠夫告诉他说,每天他会把一天挣来的钱分成两份:一份捐给穷人,另一份用来养家糊口。

"帮助他人,慷慨无私,这的确是很大的一桩善事。"弟子说道,"可有人捐出的数额比你捐出的要多得多。你是否做过什么特殊的、值得一提的善事呢?请你仔细想想。"

屠夫坐下来,思前想后,好一会儿,才见他眼前一亮,他说道:"啊,是的,我的确曾经做过一件挺特别的善事。你不提我还差点儿忘了呢,事情的缘由是这样的——

"一天,一群人看似是做贸易的,拖着一个女孩儿来到肉市里。她看见我的一刹那,泪水止不住地流下来,请我一定要救救她。那些带她来的人显然是绑架了她,想把她当奴隶卖了,赚个好价钱。我付了他们开口要的全价,带女孩儿回家,把她当作自己的亲生女儿一样抚养成人。

"随着日积月累,我越来越意识到这女孩儿和别人不同,她心思细腻,是个不可多得的好女孩儿,所以我就想把她许给我儿子。

"女孩儿说:'您是我的救命恩人,嫁给您儿子是我能偿还您恩情的微薄之力。'于是我们开始充满愉悦地准备大婚。我给他们买了最好的衣裳,邀请了全镇上的人来参加他们的大喜事。

"就在婚礼开始前的几分钟,我看见在婚礼礼堂的角落,一个可怜的人正在那儿呜呜咽咽。我请求他一定要告诉我发生了什么事情,起初他不肯说,在我的坚持下,他终于告诉我,原来他和女孩儿在很小的时候就已经定过亲!在女孩儿被绑架走后的这些年,他一直在苦苦地寻找她。

"我问他有没有什么凭证,他随即递给我他们当时的订婚书。

"于是我迅速喊来我的儿子和他的未婚妻,并向他们转达了那可怜人的话。'你真正想嫁的人是谁?'我问女孩儿,'是我的儿子呢?还是他?'女孩儿的情绪非常激动,她承认,答应和我儿子的婚约是因为她觉得欠我太多,无法拒绝,但她内心却是想嫁给她的原配夫君。

"我让我儿子让出新娘,并把他崭新的婚礼服也赠送给那可怜的人,因为他经济条件也不好。随后啊,原本是我儿子要娶妻的，整场婚礼变成了女孩儿的原配娶她为妻，整个小镇上的人们都分享了他们的欢乐和喜悦。"

"上帝祝福您！"弟子仍沉浸在震撼中，"这确确实实是一件非凡的善事啊。我将以在伊甸园与您为邻而感到荣幸。"

智慧领悟

什么是善？抚养一个无亲无故的女孩儿成人，这已经是了不起的善事；而更大的善，是这样完全的付出却不求在对方身上得到一丁点儿回报；更更大的善，是做完这一切之后，也并不觉得自己有什么特别的。在故事的主人公心目中，他只是做了自己该做的事，这正说明他原本就是这样一个至善的人。难怪犹太弟子听完这个故事，要以将与他为邻为荣了。我们常常以自己的标准来判断善恶，然而我们若稍微谦卑一点，去靠近那些看起来最平凡无奇的人，就会发现——原来很多人内心的伟大和高贵，远远超过我们的想象。

31 颂歌

里亚狄的扎尔曼拉比在设立哈西德派学说之初，常通过一些短小而意丰的故事来传授知识，这是他早年的领导风格。慢慢地，尤其是在1798年从圣彼得堡被释放后，他的传授风格才有所转变，开始较多地采用篇幅较长、内容难度高、思想较深的材料传道解惑，逐渐建立起特色鲜明的犹太哈西德派学术思想。

他早年的论述中有这么一段，故事起源于塔木德中的篇章："那些身上佩戴有领结的啊，需戴着领结出门，需被领结所牵引指导。"（关于安息日言）这段话出现于塔木德中讲述安息日律法的片段：在安息日时，犹太人是不允许将宠物或者牲畜的任何私有配件带到公共区域的；可是，允许动物可以戴着领结出门，甚至主人可以牵着它们的领结，带领它们行走。在塔木德中所用的"领结"一词，Shir，正与希伯来语中的"诗歌"同音。于是，扎尔曼拉比如此解释塔木德的这段话:"灵者与天使,他们是最精通诗歌之律的人,他们受上帝的牵引'走到外面的世界去',又终受使命的牵引回到自己的世界里,用歌词曲赋完成创造的使命。"

当扎尔曼拉比提出这个论述时,哈西德派学说正处于萌芽的摇篮中,许多主流的拉比和学者们对这个新来事物抵触颇深。这段关于塔木德中"领结"一说的言论刚出,便迅速地在俄国及其周边地区由他的弟子们传开,一经流出,立即遭到很多反对者的诟病。他们指出,哈西德派学说又一次在玩弄文字游戏,牵强地歪曲经典,以达到破坏既定传统的目的。他们更指出,塔木德说的明明就是动物,而不是什么灵魂和天使的歌唱!像这样的"解说",任何正统的学者都会嗤之以鼻的,更别说替其传播了。

尤其是在史克罗夫这个城市,扎尔曼拉比的言论更是激起了一片涟漪。史克罗夫素以学者满城著称,因而在当时情况下对哈西德派这个新来者排斥尤甚。城里不是没有哈西德派的支持者,但数量少之又少,加之这个新出来的言论,更是增加了反对者的声音,激发了反对的情绪。支持者们虽心中坚信并跟随扎尔曼拉比，但表面上，在他人对新言论的嘲笑和愤怒中，他们显然无力抵御。

过了一些时候，有一次扎尔曼拉比出行正巧途经史克罗夫。许多人慕名去他下榻的地方拜访，其中不乏城里最具盛名的学者们，他们把学习及研究中碰到的难题都整理起来，一并求教于扎尔曼拉比——因为即使是对扎尔曼拉比最不留情的反对者，都不能否认他在研究和学术上确实是非凡的天才。扎尔曼拉比认真听取了所有的问题，但是有所选择地作答。当史克罗夫的学者社团邀请他去中央研究院讲座时，他倒毫不犹豫，欣然前往。

扎尔曼拉比走上研究院的演讲台，见宽敞的大厅中竟座无虚席，整个城里的学者都汇集于此了。其中一小部分是来听他演讲的，更多人期待的是演讲后的环节，扎尔曼拉比会回答现场听众的问题。在场的人听说，早些时候有人特意前去拜访拉比，却空手而回，没有得到想要的回答，人们对拉比的这种做法感到惊异不解。许多人心中盘算着可以趁此机会，当众羞辱拉比，给他来个措手不及，让他在公开场合回答不出难题。当然了，整件事的大背景则是近期热议的质疑，就是拉比对塔木德中关于安息日动物可以戴领结这点的非主流注脚。

扎尔曼拉比开始演讲了。"所有你们这些戴着领结（诗歌）的啊，"他援引起塔木德中的话语，"将戴着领结（诗歌）出门，将由领结（诗歌）牵引着去。""那些最通晓音律的，"拉比继续解释道，"是灵魂和天使，他们都是带着歌来到世界，再带着歌回归自己，完成创造的使命，歌曲和韵律是他们所做一切的载体。"说罢，拉比开始歌唱。

整个大厅沉寂下来。所有人都沉醉在绕梁的歌曲中，那是渴求与妥协的歌，是升华与退隐的歌。在拉比的歌声中，每个人都感到自己从拥挤的人群中，被牵引至最隐秘的内心深处，这深不可测的地方呀，正是人独自与困惑、疑虑和不安的交锋之处。只有困惑和疑虑被打败了，被驱赶了，所有的不安与质疑才会迎刃而解。在拉比歌声结束之际，大厅中所有人心中的疑虑都已烟消云散。

人群中，有镇上当时最出名的神童之一——约瑟夫·科尔伯。许多年后，约瑟夫向他的弟子亚伯拉罕回忆道："那天去研究院听讲座前，我特意准备了非常刁钻艰涩的难题——这些问题我问遍立陶宛声名最卓著的学者都没有答案。那天，在拉比开始歌唱的时候，我心中的结开始解开，我心中的想法开始变得莹澈，我心中的疑虑逐渐驱散。原有的难题，一个一个地随歌而逝。歌曲结束，冰清雪亮。世界于我，如同之于初生的婴儿般，万物新鲜有如初见。"

"那天起，我便开始信从他的思想。"约瑟夫道。

智慧领悟

很多事实，我们在理性的层面思考，是无论如何也无法接受的。就像故事中的众多反对者，他们站在自己的角度，满脑子都是对新兴言论的否定和质疑。然而，在拉比的歌声里，这些否定和质疑都烟消云散了。这种领悟，不是从脑子出发，而是在心灵层面的触动。因此我们深信，受到质疑的时候，也不一定需要逐一反驳，真正的真理出现的时候，人们就不再纠结于答案，连他们心里的问题都不再成为问题。

32 为期七天的奇迹

颜科尔以从事农作为生,他在耕地栽培上是个名副其实的专家;可要说到读书学习,他目不识丁,也不曾有过良好的教育。因此他把教育的希望都寄托在儿子们的身上,希望他们能拥有丰富的学识。他把两个儿子都送到附近镇上一所名校学习,两个儿子也是不负父望,勤奋好学,终于成了班上最优异的学生。

一天,他的两个儿子因为偶然的机会听到了什姆托夫拉比的演说,备受鼓舞和激发,随即成为他忠实的追随者和听众。什姆托夫拉比常在梅茨布支这个地方演说,于是两兄弟想尽一切办法一场不落地去听。这可引起了他们父亲的好奇心,心想那地方究竟有什么新鲜有趣的事物如此牵引着自己的孩子们。"我们想去听什姆托夫拉比所说的话。"两个男孩儿常常这么解释。

终于有一天,颜科尔心想,我也要去凑个热闹。

在好奇心的驱使下，他也来到了梅茨布支。他用自己毕生经验积累起来的关于农耕的知识，去考验测试什姆托夫拉比，看他对农作懂多少，竟然没有一个问题能难倒拉比！颜科尔很是心满意足，心想拉比果然如同孩子们所说，是个非常有智慧的人。日积月累，慢慢地，颜科尔也成为什姆托夫拉比的忠实听众，也时常乘车去梅茨布支向拉比讨教各种问题。

多年过去，颜科尔的小女儿到了待嫁的年龄，他决定去找拉比帮忙，为女儿找一个满意的夫婿。"让你的两个儿子过来找我，我会让他们带着你的女婿回家。"什姆托夫拉比向颜科尔保证道。

两个儿子到了拉比那儿之后，被拉比带到了一个偏僻遥远的小镇上。一路上，拉比都在向路人询问一个叫做赛穆里尔的年轻人，可是谁都没见过拉比口中的这个人。正巧几天后是一个崭新的月份，晚上镇里人一同聚餐庆贺，正当人们对拉比热情欢迎时，忽然一个外表狂野不堪的年轻人冲进了晚宴现场。他不拘小节，甚至粗犷，几乎是跑着进来，匆忙拿了些食物，就又冲出了晚宴厅。原来他就是那个赛穆里尔！原来他就是那个拉比在寻找的年轻人！我们的拉比怎么会看上这样一个毛头小伙儿呢,但不管怎样,儿子们让人给父亲捎信说,女婿已有着落。

什姆托夫拉比派人给赛穆里尔送去新的行头、新的衣裳,让他焕然一新,并邀请他与颜科尔的两个儿子一同用餐。餐中,什姆托夫让赛穆里尔作为被邀贵宾,坐在自己身边,并让他给大家说说圣经中的精华和经典。这可震惊了桌上人。赛穆里尔竟然不负拉比的希望,一字一句地开始分享他烂熟于心的经典和精粹。几个小时过去了,可他对经典的理解和记忆似乎无底洞一般,可以不停诉说下去。颜科尔的两个儿子目睹此情此景,终于如释重负,可以回家向父亲有个好交代了。

婚礼如期举办。根据习俗,婚礼后还有七天的庆贺活动。此间赛穆里尔也为颜科尔添光不少,向所有宾客无私分享他的知识与所学。颜科尔的两个儿子按捺不住激动的心情,恨这庆贺与典礼不能早早结束,可以让他们有机会单独和妹夫坐下来,好好聊聊经典,聊聊学术问题,从他那似乎无穷的智慧中汲取些许精华。不料,他们的愿望如此之大,后来的失望竟更深。

起初,婚后的赛穆里尔常失约不去学习院,他妻子替他解释道:"我丈夫还在休息",或者"我丈夫今天非常累"。这样反复多次后,两个哥哥开始认真注意妹夫平时的一言一行,他们发现,妹夫甚至对最基本的一些习惯和要求都是无视的,也不放在心上。比如,吃饭前,他总需要别人提醒了才做祷告;用手撕面包前,也总是忘记要洗手。总之,一定是有哪里不对劲。

两个哥哥动身去梅茨布支向什姆托夫拉比求助,一五一十地把他们的所见所闻告诉了拉比。"听着,"什姆托夫拉比对他们说,"有一些人是天作之合,也有一些人是世间鸳鸯。上天注定了你们的妹妹和赛穆里尔是一对儿,但也许他们在世间看来并不相衬。你们也许觉得,一个拥有良好出身、哥哥们又那么饱学多闻的姑娘,怎么会和赛穆里尔这样的小伙儿相配呢?但是,你们要知道,两个灵魂一旦在天上结合,在地上的相遇相合即是注定的。可他们在地上如此不般配怎么办呢?一开始,有人说,要不让她疯了吧,可即便她疯了,精神恍惚了,仅凭她优秀的家世和财富,仍可以找到一个不错的伴侣。随后有人说,不如让她先疯,再让她父亲的财富和生命被带走,如此一来这姑娘就是个身无分文的孤儿了,这样赛穆里尔可以是个不错的配偶。在此时,我给出了我的想法,我说,让我来吧,我会保证无须以上这些,也能让他们变成天造地设的一对。我想,唯有让这小伙子的头脑充满经典的精华与智慧,方能打动你们,让你们接受他。

"我赐予他的那些知识与经典,如果他能够珍惜并保护的话,它们将一生伴随他;只是可惜了,这些精华只持续了婚礼的那七天,随后便丢失了。但是我也对此无能为力啊,上天注定了赛穆里尔和你们的妹妹是相守的一对儿。请你们务必转告她,让她不要气馁,让她和他好好对待彼此,一起生活下去,我必会赐他们极好的子女。而你们两个的使命呢,则是好好地、耐心地教他,开导他,相信他会慢慢地改进,学习。"

什姆托夫拉比多年后经常将这个故事说给他后来的弟子们听,他说他后来许多最为亲近的弟子都是这对天作之合的后代,他们都是非凡的、正直的人才。

智慧领悟

今天我们在选择伴侣的时候,首先看重基本条件的相配。然而这个故事里的拉比在为人选择伴侣时,却更看重上天的心意,而且他深信只要是上天配好的夫妻，必然会得到相应的祝福来保证他们的婚姻美满。事实上，我们每个人结婚的时候都会觉得找到了世间最配得上我们的人。在婚姻的最开始，对方的表现也就如故事里那七天的奇迹一般，让我们心动不已。然而随着时间的流逝，我们开始注意到对方的各种缺陷和真相，并心生嫌弃。如果这个时候能够像拉比所说的，坚定地相信这是上天注定的婚姻，好好地彼此相待，最后的结果也依然会是不错的。美满婚姻的关键，在于我们是否持有一个坚定的信念，那就是相信既然是上天所配的夫妻，不管看起来存在多大的问题，也必然会得到来自上天的祝福和保护，不是在今天，也会在将来。

33 不信者,什姆托夫,以及残疾的女孩儿

他不信邪,这是个无可争议的事实。虽然他也认真研习经典,也相当自律克己,但是那些所谓的奇迹也好,神秘的故事也好,他是一概不信的。他的有些亲戚朋友会去什姆托夫拉比那儿寻求福分,听取建议,他毫不为之所动,冷眼旁观。

也许永远都会这样了吧,可是他的女儿改变了他的看法。他的女儿甜美可人,人见人爱,是他的掌上明珠、生命的喜悦,可不幸的是,女儿因病而残疾了。村上最好的医师用尽所有的医术和疗法,还是治不好女孩儿。父亲带她去大城市找知名大夫,大夫给女孩儿开出一系列饮食疗法,也并不见效,女孩儿还是难以活动。

就这样过去了一阵子,女孩儿的病情还是不见好转。朋友建议说:"为什么不去什姆托夫拉比那儿,让他帮忙想想办法呢?"他们说:"反正你也没什么

可损失的，说不定他有办法呢。"

终于，他妥协了。

夏日一个艳阳天，他往口袋里塞了点钱，把女儿安置在一个小推车上，两人一同出发了。

到了拉比楼下，父亲把女儿留在楼下的车里，自己跑上楼找拉比。

"拉比啊，"他一边说，一边从口袋里拿出钱，"我听人说您能治好病，来，这点是我的心意，您拿去，请务必治好我的女儿呀。她就在楼下车里等着。"

"请你走吧。我不需要你的钱。"拉比毫不啰唆，简短地驳回了他。并接过那人递过来的钱，往窗外一扔。

钱从窗口飞出，纷纷散开，硬币也啪啪散落在地。女孩儿坐在车里，看见有钱从天上落下来，想都没想，急忙从车里跳下来，把钱币一个个围在裙兜里。

父亲下楼，见此情景，看到女儿又能跳跃了，匆忙对女儿说："快快快，快上车！我们马上走，省得一会儿他说是他治好了你！"

33 / 不信者，什姆托夫，以及残疾的女孩儿

智慧领悟

我们每个人都只看到自己相信的东西，而对跟我们信念不符合的东西视而不见。对于一个不信的人，不管发生什么事情，哪怕神迹就发生在他身上，都不足以改变他的信念。就像故事中的主人公，哪怕他的女儿奇迹般康复了，他的第一反应也是否认神迹的存在。如果我们可以从这种鸵鸟般盲目的思维中醒悟过来，尝试着不带偏见地去看待发生在自己身上的事情，或许我们就可以看到一个更真实的世界，也能学到更完全的真理。

34 嘴的两个用处

一天,什姆托夫拉比令他的一些弟子们出门一趟,却没告诉他们目的地,弟子们也没有询问,只是看上天把他们的马车引向哪儿,相信最终到达的地方及旅途的意义会不言而喻。

一路颠簸了几个小时之后,他们在路边停下,找了一家附近的小旅馆用餐歇息。

这些弟子都是非常虔诚的,对平时吃进的食物非常讲究,要求一切进肚子里的东西都符合最高标准的犹太饮食教规。(注:Kashrut,犹太饮食教规,也称Kashruth 或者 Kashrus,符合犹太饮食教规的食物被称作 Kosher 食物,大多数的教规来源于圣经中的章节。在繁复的教规中,比较基本的一些包括:不能吃猪肉及带有鳞片的鱼肉,大部分的昆虫不能食用,肉类与奶类食品不得同时食用,等等。)弟子们见盘中有肉,于是开始要求检查厨房,要求看厨师切肉用的刀具是不是干净，要求考问厨师关于各种饮食教规的规矩和条例，看他是不是对教规有全面的了解。他们对饮食教规的讨论和质问持续了整顿饭的时间，席间不停地追根问底，对每一个菜的每一样食材来源都问得清清楚楚。

在他们边吃边讨论的时候，一个声音从背后厨房里传来——一个上了年纪的乞丐正坐在那儿休息。只听他说："朋友们啊，你们那么注意从嘴里进去的是什么，有没有注意过从嘴里出来的是什么呢？"

一桌弟子顿时安静下来。他们匆匆把面前的饭菜吃了，爬上车，返程回梅茨布支城。他们也终于明白了为什么这天早上拉比要他们出门一趟。

智慧领悟

严格遵守规则是好的，也能反映出对于制定规则者的尊敬。然而规则并不是人生的全部，关于饮食的教规原本是为了保护人，使人不至于因为不洁净的食品而得病。但比这更重要的，不是一个人内心是否洁净高尚吗？一个人说出来的话,恰恰能够反映出他的内心。

关于饮食的律法只是犹太律法的很小一部分，在整个律法中，更关注的是一个人内心对人的爱，以及对上帝的敬畏。当他们花了太多时间用在饮食的考究上时，自然也就无暇顾及律法的其他方面了。我们今天会不会也因为过于关注一些细枝末节的问题，而忽视了对整体大局的把握呢？

35 羊绒商人的秘密

艾利梅勒赫拉比（1783—1841）的家中聚集了不少他身边最亲近的弟子，拉比此时已病入膏肓、奄奄一息了，弟子们和拉比的亲人在一起，陪伴拉比度过在世间最后的时刻，希望在他弥留的片刻再次倾听他的智慧。

拉比双眼紧闭，忽然间，他安详平静的面颊上浮过一丝颤动，似是敬畏，似是欢喜。弟子们心想，我们的拉比一定是在最后时刻与他的上帝私语，我们的心是多么自私呀，竟觉得在此刻拉比应该与我们诉说些什么。

忽然，拉比睁开双眼，在床前的人群中寻觅着谁。最终他的目光落在了人群角落的一个人身上，弟子们赶忙为这位男子让开一条路，轻轻地把他推到拉比跟前。

"塞姆啊，"弟子们听到拉比开口问道，"你想问我的是什么？"

"拉比，"这位弟子们从未见过的男子开口道，"那些我已经买下的羊绒……我应该怎么办才好？"

"不要担心，塞姆，"艾利梅勒赫拉比回答道，"你要再等等，等到明年冬天，价格会上涨，你会获利丰厚。"

说罢，拉比便永远地闭上了双眼。他的灵魂也随之出世。

之后的几天，弟子们在一起争辩讨论着拉比最后遗言的真正含义和意义。那个神秘的"羊绒商人"如来时之匆匆一样，又忽然地匆匆离去。难道他是那传说中三十六神秘圣人之一吗？难道他是先知的化身？大家甚至总结出了几套不同的理论，来解释"羊毛""冬天""获利"那几个词的卡巴拉意义。

终于，艾利梅勒赫拉比的儿子大卫出面解释了父亲的遗言："他最后的话语，没有任何隐秘的含义，只是深刻地告诉我们他是多么爱每一个人。"

"塞姆是一个非常朴实单纯的羊绒商人，他经常来向父亲讨教关于生意的经验和建议。最近他贷款买下了大量的羊绒，不料羊绒价格随之暴跌；可怜的塞姆苦心经营的生意可能会因此而功亏一篑，不但会倾家荡产，还会欠下巨额的债款。他连忙赶到这儿寻求父亲的建议，不想那时父亲已经病重不起了。他跟着人群一起进入了父亲的房间，只是起初他还不知道大家为什么要聚集在那儿。我的父亲，在最后弥留期间，感受到人群中有急需帮助的人，这是他认为至高无上的使命——确保他们都得到帮助，平安无事。"

智慧领悟

在人们心目中，大师的话都是极富智慧的，更何况是他离世之前最后的言语，那一定是他毕生智慧的结晶，或者是留给最重要的人物的。但故事中的大师在临死前却在关心一个看似毫不相干的人，以致他的弟子总觉得这几句话必有隐藏的深意。或许在一些人眼中，有很多事情远远要比这个羊绒商人的求助重要，然而在这位拉比的心中，他不轻看任何一个人，不觉得他们心中担忧的事情是无足轻重的。他之所以伟大，不仅仅是因为他拥有丰富的学识和智慧，更是因为他悲悯的心。这不正是这位拉比生前给弟子们上的最重要的一课吗？

36 青草

一个非常富裕的人带着一头壮实肥硕的牛去圣殿,准备把它作为祭祀用。这头牛之巨大,人所未见,忽然在途中不愿往前挪动半步。拖也没用,推也没用,各种方法使尽都无济于事。

一个贫穷的人正在回家的路上,看到了这一场景。他手上拿着一把刚摘来的鲜嫩的青草。他把青草递到牛的嘴边,牛于是开始美美地咀嚼。趁着它吃草的当儿,人们合力牵引着它往前走,终于到达了目的地圣殿。

那一晚,牛的主人做了一个梦。在梦中,他听见一个声音对他说:"路上那个穷人所做的牺牲,比你贡献的牺牲更大。他手上的青草原是他准备带给穷困的家人的,相比你肥美的牛,那是更巨大的牺牲。"

那个富有的人,当天所带的牛,是在圣殿里作为祭祀的。他为自己能提供的贡品非常自豪且高兴，不光如此，他还带来一头羊和无数分发给亲朋好友的礼物。他为能贡献而满心欢愉，因此什么都不想保留，什么都想分享。而那个贫穷的人呢？他有的只是一把刚摘来的鲜草，想拿回家与家人分享。两者之间，似天壤之别，又何以比较，何来比较呢？

上帝想要的，是心意。任何德行，任何戒律，无论其大小，也无论其难易，衡量它们的是做的过程。为了上帝而为的德行，加之过程中自主自愿，怀着极大的快乐和纯洁的初衷，是极为珍贵的。上帝每见如此德行，便会对身边的神使感叹："看啊，我的儿女们所做的，是多么熠熠生光的事啊！"上帝，从他所在的高处，也许看到了那位富有的人贡献了牺牲了许多，但是，那个贫穷的人所做的牺牲，更多更巨大。

智慧领悟

在这个世界上，每个人都有自己的位置，也都有各自不同的境遇、经济状况和结局。当我们去跟人做比较的时候，有时难免因为自己的渺小和贫乏有些失落和自卑。但在这个故事里，我们看到了盼望——不是每一件事都用同样的标准来衡量。故事里的穷人无私摆上的，虽然只是一把青草，却是他的全部。这样的割舍和情谊，要比富人随手的馈赠更宝贵。即使今天我们穷到手里只有一把青草，当我们甘心为了他人的好处奉献出来的时候，它所产生的影响，也会远超过我们的想象。

图书在版编目(CIP)数据

火鸡王子/小暮编著；筠芝译著.—北京：中国市场出版社，2018.7

（古代智慧与逻辑丛书）

ISBN 978-7-5092-1597-5

Ⅰ.①火… Ⅱ.①小… ②筠… Ⅲ.①民间故事—作品集—世界 Ⅳ.①I1

中国版本图书馆CIP数据核字（2017）第248982号

火鸡王子
HUOJI WANGZI

编　　著：	小　暮
译　　著：	筠　芝
责任编辑：	宋　涛（zhixuanjingpin@163.com）
出版发行：	中国市场出版社
社　　址：	北京市西城区月坛北小街2号院3号楼（100837）
电　　话：	（010）68034118 / 68021338 / 68022950 / 68020336
经　　销：	新华书店
印　　刷：	旭辉印务（天津）有限公司
规　　格：	128mm×190mm　1/32
印　　张：	4
字　　数：	100千字
版　　次：	2018年7月第1版
印　　次：	2018年7月第1次印刷
书　　号：	ISBN 978-7-5092-1597-5
定　　价：	28.00元

版权所有　侵权必究　　印装差错　负责调换